Die Spielverderber
oder
Das Erbe der Narren

Michael Ende

Die Spielverderber oder Das Erbe der Narren

Commedia Infernale

Edition Weitbrecht

Vorwort

Die Uraufführung dieses Stückes im Jahre 1967 an den Frankfurter Städtischen Bühnen endete mit einem Tumult im Zuschauerraum. Ein Teil des Publikums, zugegeben der kleinere, klatschte ostentativ Beifall, der andere, größere, buhte und pfiff. Ich erinnere mich noch an einen Herrn in einer der ersten Reihen, der auf seinen Sitz gestiegen war und heftig gestikulierend nach hinten auf die Protestierenden einredete. Der Kampf dauerte immerhin fast eine halbe Stunde.

Die Kritiken waren, von sehr wenigen Ausnahmen abgesehen, vernichtend. Man fand das Stück wirr, unverständlich, symbolüberladen, mystisch verquast und vor allem schrecklich pessimistisch. Man hielt es für »absurdes Theater« und verglich es – natürlich sehr zu seinen Ungunsten – mit den Stücken von Ionesco und Beckett. An denen gemessen, war es freilich nicht absurd genug. Daß es sich bei meinem Stück um eine kritische Parabel, ein zorniges Narrenspiel handelte, das der Zeit den Spiegel vorhalten wollte, wurde entweder überhaupt nicht wahrgenommen, oder der gleichnishafte Charakter des Stückes wurde als äußerst ärgerlich empfunden. Niemand erkannte sich oder unser aller Situation in dem Bild wieder, das mein Spiegel zeigte.

»Die Spielverderber oder Das Erbe der Narren« ist – nach meiner Ansicht – ein optimistisches Stück. Es geht nämlich von der Hoffnung aus, daß ein auf dem Theater vorgeführter, imaginärer Weltuntergang – bei dem ja keiner Fliege etwas zuleide getan wird – auf irgendeine wenn auch noch so bescheidene Art dazu beitragen könnte, den wirklichen Weltuntergang zu verhindern. Das war freilich naiv. Doch konnte ich mich dabei immerhin auf die Naivität meines damaligen Lehrmeisters Brecht berufen, der gesagt hatte: »Es geht mir nicht darum, meine Figuren auf der Bühne sehend zu machen, sondern den Zuschauer.« Bisweilen kann man sich allerdings des Eindrucks nicht ganz erwehren, daß viele Leute die wirklichen Weltuntergänge weniger deprimierend finden als jene, die ihnen auf der Bühne oder in der Kunst vor Augen geführt werden. Meine späteren Arbeiten waren dann ja auch viel weniger aggressiv – und ich weniger optimistisch.

Ich hatte schon vor 1960 erste Entwürfe für dieses Stück niedergeschrieben, hatte es unzählige Male umgearbeitet, immer wieder von Neuem versucht, es knapper und noch deutlicher zu formulieren. Mein Ziel war eine Art moderner Comedia del Arte, ein Typentheater, das mehr auf drastische Handlung setzt als auf die psychologische Auslotung der Figuren. Ich wollte paradigmatisch die typischen Verhaltensmuster darstellen, die man tagtäglich im nationalen und internationalen politischen, wirtschaftlichen und gesellschaftlichen Leben beobachten konnte und die seit dem Anbruch des mit Hiroshima eingeleiteten Atomzeitalters allesamt unsinnig, ja selbstmörderisch geworden waren. Die Metapher dafür ist in meinem Stück eine Erbengesellschaft, die sich zur Eröffnung des Testaments eines geheimnisvollen Erblassers in einem Zauberschloß voller unbekannter Kräfte zusammenfindet und sich vor die Wahl gestellt sieht, entweder im gemeinsamen Interesse aller zusammenzuwirken oder auf grausige Art zugrunde zu gehen. In dieser Situation völliger Verunsicherung, in der jede Entscheidung unvorhersehbare Auswirkungen hat, müßten die Erben ganz neue, ihren bisherigen Konventionen entgegengesetzte Verhaltensweisen an den Tag legen. Doch das können sie nicht. Sie halten an ihren gewohnten Grundmustern fest bis zum bitterbösen Ende.

Man erinnert sich: Es waren die Jahres des »kalten Krieges«; 1961 war die Berliner Mauer gebaut worden; Adenauers »Politik der Stärke« war endgültig gescheitert; 1962 hatte die Kubakrise die Welt an den Rand einer globalen Katastrophe gebracht – nicht weil den beiden Großmächten an dem winzigen Kuba viel lag, sondern weil es ihnen ums Prinzip ging; der absurdeste und infamste Krieg tobte in Vietnam; in der Bundesrepublik protestierten die Studenten, vereinigten sich 1966 in der »außerparlamentarischen Opposition«, um sich schon zwei Jahre später in zahllose Splittergruppen aufzulösen, die sich untereinander ideologisch bis aufs Messer bekämpften; kaum ein halbes Jahr nach der Uraufführung der »Spielverderber« verzögerten sich die geplanten Verhandlungen über einen Waffenstillstand in Vietnam um Monate, weil die Delegationen sich nicht darüber einigen konnten, ob an einem *runden* oder einem *rechteckigen* Tisch verhandelt werden sollte. Allein diese Verzögerung kostete auf beiden Seiten zahllose Menschenleben – und das auf die grauenhafteste Art. Die Höllengroteske der Realität hatte mein »schwarzes Märchen« an Zynismus bei weitem überholt. Dennoch, da in meinem Stück nicht ausdrücklich von Politik die Rede war, wurde die Parallele nicht zur Kenntnis genommen. Man darf nicht vergessen, damals beherrschte die sogenannte »Eskapismusdebatte« die kulturelle Szene. Was nicht wortwörtlich von politischer oder gesellschaftlicher Problematik sprach, galt als irrelevant und wurde von den tonangebenden Berufs-Urteilern kurzerhand als »Fluchtliteratur« abgetan.

Aber es kam auch noch anderes dazu, was dem Start des Stückes nicht gerade förderlich war. Die Inszenierung durch den Oberspielleiter Heinrich Koch war sicherlich nicht eine seiner glücklichsten Leistungen; die Besetzung der Rollen war durch die Bank falsch oder unzulänglich; sogar das Bühnenbild war gegen den Sinn des Stückes. Da es nach allen Seiten hin offen war, konnte der beklemmende Eindruck eines immer enger werdenden Gefängnisses natürlich nicht entstehen. Da es keine Türen gab, konnten diese auch nicht »zuwachsen« oder verschwinden. Anstatt daß der Boden unter den Füßen der Erben zu glühen begann – was diese dazu veranlaßt, auf den Verhandlungstisch zu klettern –, fing ausgerechnet die Tischplatte an zu glühen und die Erben sprangen unverständlicherweise auf diesen Grill. So ging es im Grunde von Anfang bis Ende.

Der Intendant der Städtischen Bühnen Frankfurt, Harry Bukwitz, und sein Oberspielleiter Heinrich Koch befanden sich zu jener Zeit in einer schon seit längerem schwelenden Fehde mit der Frankfurter Presse. Sie standen sozusagen auf der Abschußliste. Die zweifellos sehr angreifbare Aufführung meines Stückes bot also willkommenen Anlaß, mit ihm zugleich die beiden Herren zu erledigen. Bei solchen öffentlichen Keilereien werden ja bekanntlich keine feinen Unterschiede gemacht, und so bekam ich eben auch meine blutige Nase ab.

Noch erschwerender war allerdings ein anderer Umstand. Ich hatte einige Jahre zuvor meinen ersten Erfolg mit den beiden *Jim-Knopf*-Büchern gehabt. Daß das Schreiben von Kinderbüchern – und gar noch mit Erfolg – einem von der »seriösen« Kritik nicht vergeben wird, hat ja außer dem großen Rudyard Kipling schon mancher Autor erfahren müssen. Warum das so ist, weiß der Teufel. Aber der ist offenbar der einzige und hat es bisher niemandem erklärt. Jedenfalls gab es kaum eine Besprechung, in der nicht dem Sinne nach zu lesen stand: Kinderbuchautor, bleib gefälligst bei deinem Leisten und versteige dich nie wieder dazu, fürs »richtige« Theater zu schreiben!

Aber nun ist es zweifellos Zeit, auch von den Fehlern meines Stückes zu sprechen, und deren gibt es nicht wenige. Am gravierendsten ist wohl folgender: In jenen Jahren war man, vor allem am Theater, ungeheuer revolutionär und »antiautoritär«. Da gab es ein Schlagwort, das an allen Bühnen hitzig diskutiert wurde und das hieß: »Ensembletheater«. Das bedeutete, daß alles, aber auch alles konsequent demokratisiert werden sollte. Man wollte nicht nur den Theaterdirektor, sondern auch den Regisseur abschaffen. Alle Entscheidungen – nicht nur die wirtschaftlichen, sondern auch die künstlerischen – sollten aufgrund von freien Diskussionen innerhalb des Kollektivs gefällt werden, wobei nicht nur jedes Ensemblemitglied, sondern auch jeder Bühnenarbeiter und jede Garderobefrau das gleiche Mitspracherecht haben sollte. Vor allem aber sollte mit dem Unterschied zwischen Hauptdarstellern und Chargenspielern endgültig Schluß gemacht werden. Jeder sollte alles spielen.

Ich muß zugeben, daß ich für solche Ideen damals durchaus empfänglich war. Ich glaubte sogar, daß sich daraus auf längere Sicht eine neue Theaterästhetik entwikkeln würde. Ich begann mir den Kopf darüber zu zerbrechen, wie man diese neue Haltung bis in die Form eines Stückes, seine dramaturgische Struktur hinein verwirklichen könne. Keine Hauptfigur mehr, der die anderen nur zuspielen, sondern lauter gleichwertige Rollen, sowohl was den Szenenumfang als auch was die Wichtigkeit für den Handlungsfortgang betrifft. Ähnliche Entwicklungen gab es ja in der zeitgenössischen Musik und im modernen Tanztheater schon längst. Das Thema der »Spielverderber« bot dazu ideale Möglichkeiten. Da alle Figuren im gleichen Konflikt stehen, haben auch alle die gleiche Bedeutung für dessen Lösung oder Nicht-Lösung.

Allerdings mußte ich bald einsehen, daß die ganze Diskussion um das »Ensembletheater« – wie so vieles andere – rein rhetorisch gewesen war. Da mein Stück keine Hauptrolle enthielt, fand sich auch kein Hauptdarsteller dafür. Auch bei der Frankfurter Uraufführung waren alle Protagonisten des Theaters zufällig anderweitig ausgebucht. Kein Berufstheater in Deutschland hat das Stück seither nachgespielt. Dagegen ist es fast so etwas wie ein Standardstück für Studentenbühnen und Schülertheater geworden – vielleicht gerade wegen der Gleichwertigkeit aller zwölf Rollen. Und sicherlich wegen seines Parabelcharakters.

Natürlich würde ich das Stück heute so nicht mehr schreiben. Damals stand ich, wie fast alle, die sich mit den Fragen eines neuen Theaters herumschlugen, stark unter dem Einfluß der dramaturgischen Theorien Bertold Brechts. Sein »episches Theater« will ja den Zuschauer mittels der sogenannten »Verfremdungseffekte« daran hindern, sich mit einer Figur auf der Bühne gefühlsmäßig zu identifizieren, will eine kritische Distanz des Zuschauers in bezug auf die gezeigten Vorgänge erreichen, indem es »das Übliche und Gewohnte als Merkwürdiges und Unbekanntes« darstellt, um so beim Publikum Nachdenken darüber zu provozieren, ob die gezeigten Vorgänge und Verhältnisse tatsächlich ewige und unveränderbare, oder nicht vielmehr kritisierbare und veränderbare sind. Brechts Theater ist dialektisch und hat das Ziel, der gesellschaftlichen Aufklärung und Belehrung zu dienen. Es macht »Abbildungen der Wirklichkeit zum Zwecke der Veränderung der Wirklichkeit«. Das heißt, das Theater soll keine Pseudo-Wirklichkeit herzustellen versuchen (wie etwa das von Stanislawski), sondern seinen Demonstrationscharakter deutlich ausweisen. Daraus ergeben sich seine stilisierenden Elemente.

Damals schien mir dieses Konzept die einzige Möglichkeit, modernes Theater zu machen, oder besser gesagt, dem Theater in der modernen Gesellschaft eine sinnvolle Funktion zu geben. Allerdings bemühte ich mich, nicht an Brechts Tonfall anzuknüpfen – wie es damals viele taten – sondern eben nur an seine Dramaturgie. Der Marxismus schien mir in den wesentlichen Punkten längst überholt, an den Klassenkampf, aus dem Brecht sein rauhbeiniges Pathos bezog, glaubte ich damals schon nicht mehr, weil es inzwischen in den hochindustrialisierten Ländern längst keine proletarische Klasse mehr gab, die politischen und gesellschaftlichen Probleme hatten durch Atomphysik und technologisch-industrielle Weiterentwicklung Dimensionen erreicht, die jede Klassenfrage weit überstiegen.

Im Sinne der »Verfremdung« dieser neuen Situation schien mir gerade die phantastische Metapher ein geeignetes künstlerisches Mittel, um die höchst reale Frage nach Sein oder Nichtsein, vor die die Menschheit sich gestellt sieht, deutlich zu machen. Ich war zum Beispiel davon überzeugt, daß ein »magischer Vorgang« wie die »große Multiplikation«, mittels welcher im Stück die Schlüssel und die Zettel ihre eigene Bedeutung, ihren Wert durch Überangebot selbst vernichten, von jedermann als ein Kürzel, eine poetische Formel für die zum ständigen Wachstum verdammte industrielle Massenproduktion von Gütern verstanden werden würde. Darin habe ich mich geirrt. Was wurde nicht alles in die Sache hineininterpretiert!

In späteren Jahren habe ich mich dann mehr und mehr von den Theorien Brechts entfernt – vor allem, als ich mir klar darüber wurde, daß er selbst sich im Grunde herzlich wenig an sie gehalten hat (glücklicherweise, wie man hinzufügen muß). Heute glaube ich, daß das Theater – wie übrigens alle Künste – ganz und gar nicht die Aufgabe hat, aufzuklären oder zu belehren, ja daß es zu diesen Zwecken geradezu das aller ungeeignetste Mittel ist. Das Theater ist weder Schule, noch Kirche, und es verliert seine Lebenssubstanz, wenn es versucht, eines von beidem zu sein. Theater ist Freiraum der Imagination, und wer meint, daß das wenig oder zu wenig sei, der sollte sich besser anderen Möglichkeiten öffentlicher Äußerung zuwenden. Theater ist für die Gesellschaft, was der Traum für das einzelne Individuum ist: Jener unerläßliche Spiel-Raum des schönen oder auch schrecklichen Wahnsinns, der notwenig ist, um die wache Vernunft gesund zu erhalten. Wir wissen es inzwischen: Wer längere Zeit am Träumen gehindert wird, verliert buchstäblich den Verstand. Könnte es nicht sein, daß unsere Gesellschaft eben an dieser Krankheit leidet?

Heute bin ich überzeugt, daß der Zuschauer ein durchaus legitimes Anrecht darauf hat, sich mit der Hauptfigur auf der Bühne gefühlsmäßig zu identifizieren und in ihrer stellvertretenen Gestalt den schönen oder schrecklichen Traum zu träumen.

Als ich die »Spielverderber« schrieb, wollte ich durch einen komödienhaften Tonfall das Publikum sozusagen in eine Falle locken. Es sollte lachen, aber das Lachen sollte ihm nach und nach im Halse stecken bleiben, bis es schließlich im Untergangsgebrüll der Narren im Feuer ein Menetekel für seine eigene mögliche Zukunft erkennen würde. Heute befürchte ich, gerade damit dem guten Willen des Publikums zuviel zugemutet zu haben. Niemand läßt sich gern an der Nase herumführen, am wenigsten derjenige, der Eintrittsgeld bezahlt hat. Ich glaube, zu Recht. Es gibt so etwas wie ein stillschweigendes Übereinkommen zwischen Bühne und Publikum, eine Form der Höflichkeit: Der Zuschauer erwartet, von Anfang an durch Tonfall und Gebärde auf das eingestimmt zu werden, was ihn erwartet – ob er lachen oder weinen soll, ohne sich nachträglich dafür schämen zu müssen. Gerade weil es in der Lebenswirklichkeit meist anders zugeht, sollte das Theater diesen Wunsch respektieren. Ich habe es damals aus Zorn und Eigensinn nicht getan.

Inzwischen ist fast ein Vierteljahrhundert vergangen. Nun soll dieses Stück noch einmal – diesmal in Buchform – einem breiten Publikum vorgestellt werden. Natürlich taucht die Frage auf, ob es nicht angebracht wäre, es ganz und gar zu überarbeiten, all seine Unverdaulichkeiten und Übertreibungen zu glätten oder zu eliminieren, um es so, in gefälligerer Form, vielleicht doch noch einmal auf die Bühne zu bringen. Aber dann wäre es ein völlig anderes Stück geworden. Darum meine ich, es ist besser, es zu lassen wie es ist, mit all seinen Fehlern. Daß ich heute das meiste anders machen würde, soll nicht heißen, daß ich in seiner ursprünglichen Form nicht mehr zu ihm stehe. Ich halte es nach wie vor für sehr gut spielbar und mir scheint, daß seine Aktualität – seit die ökologische Katastrophe sich immer deutlicher abzeichnet – eher noch zugenommen hat. Möglicherweise wird inzwischen auch manches besser verstanden werden – auf beiden Seiten der Rampe. Im Grunde kann über die Brauchbarkeit dieses Stückes erst wirklich geurteilt werden, wenn es wenigstens einmal zu einer adäquaten Realisation auf der Bühne gekommen ist – und die steht bis heute noch aus.

Michael Ende
September 1988

Synopsis der Handlung

Von einem geheimnisvollen Erblasser sind zehn Personen äußerst unterschiedlicher Herkunft als Erben eingesetzt worden. Sie kennen jedoch weder den Verstorbenen noch sich untereinander. Auch weiß niemand, worin die Hinterlassenschaft eigentlich besteht. Zur Eröffnung des Testaments versammeln sich die zehn in einem höchst merkwürdigen Schloß, dem ehemaligen Wohnsitz des Verstorbenen, das in abgelegener Gegend steht.

Nachdem alle vollzählig sind, händigt der Notar jedem von ihnen ein verschlossenes Couvert aus, in welchem sich ein Stück des in zehn Teile zerrissenen Testaments befindet. Um zu erfahren, welcher Anteil des Nachlasses jedem einzelnen zufällt, sollen die Erben diese zehn unregelmäßig geformten Papierfetzchen zusammensetzen wie ein Puzzle. Ihnen wird ausdrücklich mitgeteilt, daß der Sinn des Gesamttextes unverständlich bleiben wird, wenn auch nur einer von ihnen sich weigert, das Spiel mitzuspielen, denn auf jedem der Zettel steht eine wichtige Einzelheit, die aus dem übrigen Wortlaut unmöglich zu erraten ist. Jeder der Erben kann also das Gelingen des Ganzen beliebig verzögern oder auch verhindern, andererseits kann aber jeder von ihnen an das ihm zugedachte Erbteil nur heran, wenn er zugleich allen anderen zu dem ihren verhilft.

Doch die Beteiligten hegen von Anfang an Mißtrauen gegeneinander und gegen die ganze sonderbare Veranstaltung. Schon daß einer sich zunächst einmal Bedenkzeit ausbittet, genügt, um den allgemeinen Argwohn zu schüren. Da jeder auf die anderen angewiesen ist, vermutet jeder bei den anderen unfaires Spiel. Pläne werden geschmiedet, um sich gegen mögliche Benachteiligung zu schützen. Überlegungen werden angestellt, wie man die ehrliche Teilnahme aller am Spiel *erzwingen* könnte. Doch die verschiedenen Projekte durchkreuzen sich gegenseitig, so daß binnen kurzem die Sache völlig verfahren, jedes gegenseitige Vertrauen unmöglich geworden ist. Das

Spiel kommt nicht zustande, offene Feindseligkeit bricht aus.

Nun tritt ein, was der alte wunderliche Diener des Hauses, der als einziger den Verstorbenen kannte, von Anfang an warnend vorausgesagt hat: Das magische Schloß beginnt auf alles, was die Erben gegeneinander planen und tun, zu reagieren. Es verändert sich – zunächst unmerklich, dann immer drastischer. Das Haus erkrankt und bekommt Fieber. Die Temperatur in seinem Innern steigt. Als einer der Erben heimlich alle Ausgänge, die ins Freie führen, versperrt, um so zu verhindern, daß ein anderer sich vorzeitig davonmachen kann, ehe das Testament zusammengesetzt ist, fehlen am nächsten Tag diese Türen. Sie sind verschwunden. Alles im Palast verliert seine Farben, die Vögel, die anfangs in Schwärmen durch die Säle zogen, fallen tot zu Boden, die Karyatiden magern zusehends ab, Moder und Verfall breiten sich aus. Die Temperatur steigt weiter.

Diese warnenden Signale werden von den Erben nur insofern zur Kenntnis genommen, als sie sich davon eine repressive Wirkung auf die jeweils anderen versprechen. Je bedrohlicher die Verhältnisse werden, desto eher – so hofft jeder – wird die Gegenpartei die Nerven verlieren und nachgeben.

Als schließlich einer von ihnen versucht, die Lösung des Konfliktes mit *Gewalt* zu erzwingen, indem er die ganze Gesellschaft mit der Waffe bedroht, um sie zur Vernunft zu bringen, kommt es unversehens zu einem blutigen Unfall, bei dem ausgerechnet der Harmloseste von allen schwer verwundet wird. Um ihn vielleicht doch noch zu retten, müßte man einen Arzt rufen oder ihn in ärztliche Obhut bringen, doch dazu müßten die Türen nach draußen wieder erscheinen und geöffnet werden. Alle Beteiligten wissen, daß dies nicht geschehen kann, solange sie ihr Verhalten nicht ändern, doch eben das fordert jeder nur von den *anderen.*

Der Notar, von zunehmenden Skrupeln geplagt, verletzt seine Schweigepflicht, indem er dem Sterbenden heimlich den Inhalt des Testaments verrät, den er als einziger kennt, weil er zur Kontrolle eine Abschrift des gesamten Textes besitzt. Danach besteht das eigentliche Erbe in nichts anderem als dem Vertrauen, das die Erben einander schenken mußten, um die Teile zusammenzusetzen und so das Testament lesbar zu machen. Für den Notar ist das ganze nichts als der üble Scherz eines Misanthropen. Der Sterbende dagegen begreift die Bedeutung dieses Vermächtnisses und teilt sein Wissen den anderen mit. Natürlich glaubt ihm keiner, zumal der Notar, in seiner Angst, die Erben könnten sich aus Wut und Enttäuschung an ihm vergreifen, alles abschwört. In diesem Augenblick entwerten sich die Anteile des Testamentes selbst, indem sie sich wie Krankheitserreger ins Uferlose vermehren und als ein Schneesturm aus Papierfetzen durch alle Räume des Palastes wirbeln.

Noch immer fühlt keiner der Erben sich schuldig, jeder beruft sich auf die »Sachzwänge«, jedem scheint die eigene Handlungsweise vernünftig oder angesichts der sich zuspitzenden Notlage entschuldbar – so summieren sich Egoismus, Engstirnigkeit und Fanatismus, bis schließlich die große Katastrophe eintritt. Das Innere des magischen Schlosses verwandelt sich in eine gespenstische Höllenszenerie. Der Kampf aller gegen alle bricht aus. Zuletzt sitzt die ganze Gesellschaft in einem Raum zusammengepfercht, dessen Türen ebenfalls verschwinden. Feuer ist ausgebrochen, vielleicht durch die immer noch zunehmende Hitze, vielleicht durch Brandstiftung – jeder von ihnen kann es gelegt haben. Doch keiner denkt ans Löschen. In der verzweifelten Hoffnung, sich dadurch doch noch zu retten, daß sie den eigentlichen *Schuldigen* unter sich herausfinden und hinrichten, improvisieren die Erben in panischer Hast eine Gerichtsverhandlung, in der jeder Ankläger und jeder Angeklagter ist. Der gemeinsame Schuldspruch trifft zuletzt den Erblasser, der sie alle in diese infernalische Situation gebracht hat, aber an ihm ist das Urteil eben nicht zu vollstrecken.

Da ihnen buchstäblich der Boden unter den Füßen zu glühen beginnt, klettern die Erben schließlich auf denselben Konferenztisch, auf welchem sie zu Anfang des Stükkes ihre Anteile hätten zusammenlegen sollen, klammern sich aneinander und brüllen sich gegenseitig die sinnlosen Wortfetzen ins Gesicht, die sie ursprünglich einmal auf ihren Zetteln gelesen haben, um so vielleich doch noch die Aufgabe zu lösen, die ihnen gestellt war, aber auch die Sprache zerfällt ihnen nun im Munde zu einem absurden Gelall und Gebrabbel. Das Feuer bricht in den Saal ein und verschlingt sie.

Ich lebe und ich sterbe
mit Dir, o Menschenkind,
drum ist der Narren Erbe
ein Rauch im kalten Wind.

Ich blühe und verderbe,
wie Du verdirbst und blühst,
drum ist der Narren Erbe
ein Abgrund leer und wüst.

Dass jeder nur erwerbe,
was aus ihm selbst entsprang,
drum ist der Narren Erbe
der Narren Untergang.

Du selbst wirst Dir bescheret.
Sei klug, o Menschenkind!
Der Narren Erbe fähret
dahin wie Rauch im Wind.

Inschrift über dem Portal des Palastes
von Johannes Philadelphia

Michael Ende

Die Spielverderber oder Das Erbe der Narren

Commedia Infernale

Das Bühnenbild

Ein großer Festsaal im magischen Schloß des Johannes Philadelphia, das irgendwo fernab von menschlichen Behausungen steht. Ein Labyrinth von Nischen, Balkonen, Galerien, Wendel- und Freitreppen, nach vielen Seiten Türen und Durchblicke auf Gänge und immer fernere Räume wie auf den architektonischen Phantasien von Piranesi oder Desiderio Monsú. Durch hohe Fenster aus buntem Glas flutet Sonnenlicht herein und taucht den Saal in farbigen Glanz. Schwärme von Paradiesvögeln fliegen umher und erfüllen den Palast mal fern, mal nah mit melodischen Rufen. An Säulen und Wänden Karyatiden aller Art, Heroen und Götter, Tiere und Fabelwesen. Bildnisse und Gobelins, darunter der Einhorngobelin aus Cluny »a mon seul désir«. Der Raum ist angefüllt mit Kostbarkeiten, Wundern und Gerümpel wie ein Museum: Vitrinen, Statuen, Musikinstrumente, alchemistische Apparate, Planetarien, aber auch Wurlitzer, Autoteile, Computer, Gen-Modelle, Stereoanlagen und so weiter. Auf der linken Seite der Bühne schräg in den Hintergrund ein langer, mit grünem Filz bezogener Konferenztisch, umgeben von Sitzmöbeln, welche den Figuren der Handlung entsprechen, also ein Küchenstuhl, ein lederner Direktorensessel, ein Zellenhocker, ein Bauernstuhl und ähnliches. Auf der rechten Seite ein Podest, auf dem ein vergoldeter Thron steht, darüber ein Baldachin aus rotem Samt.

Während des *ersten Aktes* herrscht schwüle Sommerhitze. Die Beleuchtung verändert sich nach und nach, verdüstert sich, wird fahl. Draußen zieht ein Gewitter auf. Die ersten Blitze zucken.

Während des *zweiten Aktes,* der in der Nacht spielt, nimmt die Hitze weiter zu. Das Schloß bekommt Fieber und beginnt, schlecht zu träumen. Säulen neigen sich, Proportionen verschieben sich langsam aber sichtbar, in den Wänden entstehen Risse, sonderbare Geräusche werden hörbar.

Im *dritten Akt* nimmt die Hitze weiter zu. Alle Farben sind aus dem Schloß verschwunden. Der grüne Konferenztisch ist grau, der rote Baldachin ebenso. Die bunten Vögel sind schwarz geworden. Auch die handelnden Personen tragen nun graue Kostüme, wie auf einer schwarzweiß-Fotografie. Alles ist staubig und zunderdürr.

Im *vierten Akt* sind die Fenster und ein großer Teil der Durchblicke »zugewachsen«, d. h. verschwunden oder nur noch als architektonische Attrappe, sogenannte »blinde Fenster« vorhanden. Die Karyatiden sind zu Hungergestalten abgemagert und haben Gebärden des Flehens oder des Zorns angenommen. Auch die Bilder und Figuren zeigen erschrockene, schmerzverzerrte oder wütende Gesichter. Die Vögel sind tot und liegen in Haufen auf dem Boden herum. Die Gobelins und der Baldachin hängen zerschlissen herunter. Den Personen zerfallen die Kleider am Leib, wenn sie sich bewegen. Die Hitze ist inzwischen unerträglich.

Im *fünften Akt* sind nun auch die letzten der bisherigen Lichtquellen erloschen. Der Palast phosphoresziert leichenhaft. Manche Gegenstände glühen ab und zu auf. Entladungen rätselhafter Energien zucken über die Wände und sprühen Funken. Die Luft ist wie von glimmenden Nebelschwaden erfüllt. Brütende Hitze und Stickigkeit. Das Interieur hat sich in eine groteske Höllenszenerie verwandelt. Die Säulen stehen schief und krumm, die Treppen führen nirgendwo mehr hin oder sind zerbrochen, die Karyatiden und Statuen haben sich in Mumien und Gerippe wie aus der Kapuzinergruft in Palermo verwandelt oder in grausiges chirurgisches Anschauungsmaterial. Die Bildnisse zeigen wüste Fratzen und Mißbildungen aller Art. Alle Stoffe sind zu Fetzen zerfallen. Die Personen gehen um wie Gespenster, ihre Gesichter sind kalkweiß, ihre Kleider Spinnweben. Die letzten Türen schließen sich und verschwinden. Das Feuer bricht aus.

Die Personen der Handlung
in der Reihenfolge ihres Auftretens:

NINIVE GERYON
ein vierzehnjähriges Mädchen, sehr hübsch, sehr verwöhnt, sehr frühreif, das seine Eltern und deren Welt haßt und sich deshalb in den Dschungel seiner Phantasien geflüchtet und darin verirrt hat.

EGON S. GERYON
ein Versicherungsdirektor, etwa fünfzig Jahre alt, Typ des smarten Managers, hat Herzbeschwerden, ist von seiner eigenen Redlichkeit überzeugt und fürchtet nichts so sehr, wie betrogen zu werden.

ELSBETH GERYON
seine Gattin, vierzig Jahre alt, zur Fülligkeit neigend, trägt zu viel Schmuck und zu starkes Make-up, blickt bedingungslos zu ihrem Mann auf und glaubt, daß der gute Wille alle Schwierigkeiten zu lösen vermag.

SEBASTIAN NOTHAFT
ein junger Herumtreiber, ungefähr siebzehn oder achtzehn Jahre alt, mit dem Verstand eines zwölfjährigen, bezieht sein Weltbild aus Comics und kann Lügen nicht leiden.

ALEXANDRA VON XANADU
wirkliche oder angebliche Baronin, ehemalige Raubtierdompteuse, zwischen vierzig und fünfzig Jahre alt, eine »magic lady«, herrisch, souverän und sprunghaft – Donna Quichotte auf der Suche nach ihrer persönlichen Tragödie.

DR. LEO ARMINIUS
ein Notar unbestimmten Alters, er war niemals jung, ist magenleidend, trocken, sarkastisch, ein Pflichtmensch. Seine Aufgabe geht ihm entschieden gegen den Strich, und er wünscht nicht, in die Sache persönlich verwickelt zu werden.

ANTON BULDT
der uralte Diener des geheimnisvollen Erblassers, skurril-phantastische Erscheinung, eine wandelnde Chronik, die von den Erben nicht verstanden und deshalb nach und nach zerstört wird.

ANNA FENRIS
eine blinde Bäuerin, etwa sechzig Jahre alt, dick und schwerfällig, mißtrauisch, geizig, eingeschüchtert, die zunächst bei anderen Mitleid und Zutrauen erweckt, bis sie zum ersten Mal im Leben die Wonnen der Macht erlebt.

PAULA OLM
ein Spülmädchen, zwischen zwanzig und fünfundzwanzig Jahre alt, gutmütig und zurückgeblieben, reizlos, infantil, unsicher, immer ausgenutzt, ein glückloses Geschöpf, das zu rasch vertraut und zu spät durchschaut.

KLARA DUNKELSTERN
eine vierzigjährige Lehrerin, mager und rechthaberisch, von ihrer eigenen Moral überfordert und überanstrengt, die der Gerechtigkeit durch eine Idee zum Siege verhelfen will und sich in den Menschen irrt.

MARKUS SCHWELER
ein General, etwa Mitte Fünfzig, gibt sich sportlich, leger, modern, ist aber cholerisch, reizbar und kann Zweifel an seiner Autorität nicht ertragen. Er glaubt an die Notwendigkeit einer »starken Hand« und degradiert sich schließlich selbst.

JAKOB NEBEL
ein Knastbruder unbestimmten Alters, eine windschiefe Gestalt, nicht ohne Pfiffigkeit, hört sich gerne reden, wobei er sich seine konfuse Ausdrucksweise in Gerichtsverhandlungen angeeignet hat, bei denen er meist verurteilt wurde, offensichtlich ohne zu verstehen, wovon überhaupt die Rede war.

Erster Akt

Großer Saal in einem geheimnisvollen Palast. Ein sonniger Spätsommernachmittag. Bunte Vögel fliegen frei umher und erfüllen den Raum mit ihren Rufen.

ERSTE SZENE

EINE FRAUENSTIMME
(weit entfernt)
Ninive!

EINE MÄNNERSTIMME
(etwas näher)
Ninive!

Eine maskierte Gestalt, eingewickelt in eine lange Decke, vor dem Gesicht eine asiatische Dämonenmaske, huscht über die Bühne.

BEIDE STIMMEN
(ziemlich nah)
Ninive!

Die Gestalt verbirgt sich. Egon und Elsbeth Geryon treten auf. Er ein gutaussehender Geschäftsmann um die Fünfzig, sie ein paar Jahre jünger, zur Fülligkeit neigend, etwas zu stark aufgemacht.

ELSBETH
Nein, hier ist sie auch nicht.

EGON
(setzt sich seufzend)

ELSBETH
Ich habe ihr doch gesagt, sie soll bei uns bleiben. Daß sie nie gehorchen kann!
(sie setzt sich ebenfalls und streift die Schuhe ab)
Wenn meine Schuhe nur nicht so drücken würden...

EGON
Ich habe dir gesagt, zieh' nicht die neuen an. Wie lange laufen wir hier schon herum?

ELSBETH
Mindestens eine halbe Stunde.

EGON
Erstaunlich.

ELSBETH
Von außen sah das Haus eigentlich gar nicht so groß aus. Gibt es denn sowas, Egon, ein Haus das innen größer ist als außen?

EGON
(leidend)
Ich bitte dich, Elsbeth.

ELSBETH
Wir müssen doch endlich irgendwem begegnen!

EGON
Wir haben noch genügend Zeit, Elly.

Pause. Beide sehen sich den Raum an.

ELSBETH
Bist du schon zu einem Ergebnis gekommen, Egon?

EGON
Was wir bis jetzt gesehen haben, geht bereits in die Millionen, mein Kind. Als Versicherungsmann bekommt man eine untrügliche Nase für dergleichen.

ELSBETH
Meinst du, es werden viele Erben da sein?

EGON
Ich weiß nicht mehr als du. Mich beunruhigt viel mehr, daß mir der Name Johannes Philadelphia noch immer nichts sagt.

ELSBETH

Vielleicht war er ein Schulkamerad von dir. Oder es ist ein Pseudonym. Oder es war jemand, dem du irgendwann einmal etwas Gutes getan hast, an das du dich nicht mehr erinnerst.

EGON

Wird sich ja rausstellen.

ELSBETH

Schließlich hätte er uns doch nicht in sein Testament eingesetzt, wenn wir ihm ganz fremd gewesen wären.

EGON

Jedenfalls sollten wir's nicht jedem auf die Nase binden. Hörst du Elly? In solchen Sachen kann man nicht vorsichtig genug sein.

Die maskierte Gestalt kommt aus ihrem Versteck und erschreckt die beiden.

ELSBETH

(schreit auf)

Egon!

EGON

(hilflos)

Was denn? Was ist das!

Die maskierte Gestalt

(beginnt zu lachen und nimmt die Maske ab. Es ist Ninive, Tochter der beiden, 14 Jahre alt.)

ELSBETH

(empört)

Ninive!

EGON

(greift sich ans Herz)

Ah!

NINIVE
(schmollend)
Es war doch nur Spaß.

ELSBETH
(während sie Egon eine Tablette gibt)
Du weißt genau, daß dein armer Vater nicht gesund ist. Du wirst ihn noch umbringen und sagen, es war nur Spaß.

EGON
(zu Elsbeth)
Laß nur!
(zu Ninive)
Sag mal – bist du irgendwem begegnet?

NINIVE
(schnippisch)
Schon möglich.

ELSBETH
Wem denn?

NINIVE
Ihr glaubt mir ja doch nichts.

EGON
Wenn du hübsch bei der Wahrheit bleibst, schon.

ELSBETH
Was dir ja meistens ziemlich schwerfällt.

EGON
Nun laß sie doch in Ruhe, Elsbeth! Also, mein Kätzchen, wem bist du begegnet?

NINIVE
(räkelt sich in einem Stuhl)
Habt ihr eigentlich schon den Reitsaal gesehen? Fabelhaft, sag ich euch. Riesengroß und ganz dämmrig wie eine Kirche. Lauter Spiegel an den Wänden, alle mit schwarzen Tüchern verhängt. Ihr seht ja nie was.

EGON

Na und? Weiter?

NINIVE

Ich schau mich um – und da seh ich plötzlich in der Ecke hinten – ein riesiges schwarzes Pferd.
(sie richtet sich, von ihrer eigenen Erzählung fasziniert, auf)
Ganz reglos. Ausgestopft, hab ich zuerst gedacht. Ich geh drauf zu, da seh ich auf einmal in der Dunkelheit über dem Pferdekopf – zwei weiße Augen. Nur zwei Augen, versteht ihr, die mich anstarren.

ELSBETH

Um Gottes willen!

NINIVE

Ich steh also da – nach und nach kann ich einen Reiter unterscheiden, seine Gestalt, seine Hände, nur sein Gesicht nicht. Er hatte eine Maske auf – die hier.
(sie hält sich die Maske vor)

ELSBETH

Hat er mit dir gesprochen?

NINIVE

Ja. Er hatte eine ganz seltsame, hohe, alte Stimme.

EGON

Was hat er denn gesagt?

NINIVE

(hält sich wieder die Maske vor)
»Sage deinem Vater, ich warne ihn!«

EGON

(plötzlich beunruhigt)
Mich? Wovor denn?

NINIVE

(noch immer mit Maske)
»Vor Betrug.«

EGON

Wen meint er denn? Hat er Namen genannt?

NINIVE
(zuckt die Achseln und nimmt die Maske ab)

EGON
Meinte er einen der Erben? Versuch dich doch zu erinnern, Kind?

NINIVE
(gelangweilt)
Er sagte: »Hütet euch vor Betrug!« Das war alles.

EGON
Wer war denn dieser Kerl? Hast du ihn nicht gefragt?

NINIVE
Doch. Aber er machte so:
(sie legt den Finger an die Lippen der Maske und läßt sie verneinend den Kopf schütteln)

EGON
Und dann?

NINIVE
(hat keine Lust mehr)
Dann ist er fortgeritten.

EGON
(plötzlich mißtrauisch)
Und die Maske?

NINIVE
(harmlos)
Die hab ich später gefunden.

EGON
So, gefunden! Ninivie, schau mir mal in die Augen? Hast du uns etwa schon wieder angelogen?

ELSBETH
Es ist hoffnungslos, Egon. Was soll man bloß mit ihr machen?

EGON

Nun hör mir mal gut zu, mein Mädchen. Siehst du, es gibt Situationen im Leben, wo man sich absolut aufeinander verlassen können muß. So eine Testamentseröffnung, die ist wie ein Schiff im Sturm, verstehst du? Jeder auf seinem Posten, Schulter an Schulter. Eine einzige falsche Meldung kann alle in den Untergang reißen. Wir müssen jetzt zusammenhalten. Hast du mich begriffen, Ninive?

NINIVE

Ich hab ja gesagt, daß ihr mir nichts glaubt.

In diesem Augenblick hört man Hufschlag im Haus, der sich nähert.

EGON

(aufhorchend)
Das ist doch ein Pferd? Tatsächlich, das ist Hufschlag! Warum tust du denn, als ob du gelogen hättest, Ninive? Es kommt näher!
(er erhebt sich)
Ich muß diesen Mann unbedingt sprechen. Kommt mit!
(eilig hinaus)

Elsbeth folgt ihm, Ninive bleibt allein zurück.

ZWEITE SZENE

Ninive allein.

NINIVE

(erstaunt)
Aber es war doch gelogen!
(sie bricht in ein leises, boshaftes Gelächter aus)
Es war doch gelogen!
(plötzlich ernst)
Oh, jetzt versteh ich, ich versteh genau! Hier kann man nicht lügen. Was man sagt, wird im selben Augenblick zur Wirklichkeit. Das Haus hört uns zu.

Nicht wahr, du hörst uns? Vielleicht sitze ich hier mitten in deinem großen Ohr.
(sie drapiert sich vor einem Spiegel die Decke um und setzt sich auf einen Thron rechts auf der Bühne)
Hör mir genau zu! Ich will etwas, das ganz und gar mir gehört. Zum Beispiel so einen hübschen Vogel, den ich töten könnte – ohne Grund, nur zum Zeichen, daß er mir gehört. Wahrscheinlich werde ich schrecklich weinen über seiner winzigen Leiche. Kannst du das verstehen, altes Haus? Dann gib ihn mir. Amen.

DRITTE SZENE

Fröhliches Pfeifen nähert sich. Sebastian Nothaft tritt auf, ein Junge von etwa siebzehn mit dem Gemüt eines Zwölfjährigen. Zwischendurch antwortet er den Vögeln. Als er Ninive sieht, bleibt er erstarrt stehen, läßt den letzten Ton langsam verheulen, schlägt mit der Faust auf sein Herz und intoniert einige Detonationen.

SEBASTIAN
Pch! Pch! Pchchch!
(erklärend)
Feuerwerk! Pchchch!

NINIVE
(steht auf und will fort)

SEBASTIAN
Vorsicht!

Ninive schaut sich erschrocken um. Sebastian greift schnell eine kostbare Vase und wirft sie ihr quer über die Bühne zu, Ninive fängt sie unwillkürlich auf. Sebastian lacht.

NINIVE
Sind Sie verrückt?

SEBASTIAN
(ernsthaft)
Vollkommen! In meinem Schrank fehlen sämtliche Tassen, dafür habe ich einen Dachschaden und lauter lockere Schrauben, da können Sie fragen, wen Sie wollen.

NINIVE
Das seh ich auch so.

SEBASTIAN
Sie haben den Blick für sowas. Wissen Sie, was ich zuerst gedacht hab? Da sitzt die Königin Atlanta, hab ich gedacht.

NINIVE
Wer ist denn das?

SEBASTIAN
Die Königin Atlanta? Die kennen Sie nicht? Das gibt's doch nicht! Haben Sie vielleicht noch nie was von Phantom gehört? Die Heftchen, mein ich. Was lesen Sie denn überhaupt.

NINIVE
Allerhand. Lyrik zum Beispiel.

SEBASTIAN
Kenn ich nicht. Ist der gut? Phantom müssen Sie lesen. Phantom ist der Größte!

NINIVE
Wirklich? Warum denn?

SEBASTIAN
Sie fragen vielleicht! Weil er eben ein Held ist. Unbesiegbar! Edel, verstehn Sie? Und weil er nie lügt.

NINIVE
Ist das Ihr Ernst?

SEBASTIAN
Ja, ich kann Leute nicht leiden, die lügen. Sie?

NINIVE
Glauben Sie denn, was in den Heftchen steht?

SEBASTIAN
Das ist alles dokumentarisch. Ich geb Ihnen eins, dann werden Sie selber sehen.
(er geht zu einem Gobelin und zeigt auf das Spruchband)
Auch so was Ähnliches, scheint's. Was sagt sie?

NINIVE
A mon seul désir.

SEBASTIAN
Eine Geheimsprache?

NINIVE
Französisch.

SEBASTIAN
Aha. Schade.

NINIVE
Meine einzige Sehnsucht.

SEBASTIAN
Wieso?

NINIVE
Das heißt es.

SEBASTIAN
Meine einzige Sehnsucht? Auch edel.

NINIVE
Was sind Sie eigentlich? Von Beruf, mein ich.

SEBASTIAN
(zuckt die Achseln)
Ich hab alles mögliche gemacht, Zeitungsverkäufer, Bauarbeiter, Tankstelle... aber das ist alles nichts für mich. Da erlebt man nichts, wissen Sie. Wenn ich hier viel Geld erbe, geh ich auf eine Abenteuerreise um

die ganze Welt. Ich werd noch mal was ganz Großes tun, das weiß ich.
(schaut sich im Raum um)
Mir gefällt's hier.

NINIVE
Wie kommen Sie eigentlich hierher?

SEBASTIAN
(verständnislos)
Mit meinem Moped.

NINIVE
Ich meine, ob Sie auch wegen der Testamentseröffnung hier sind?

SEBASTIAN
Ja... das schon. Ich weiß nur überhaupt nicht...

NINIVE
Wer der Verstorbene war?

SEBASTIAN
Sie auch nicht?

NINIVE
Doch. Ich schon. Ich hab ihn sogar sehr gut gekannt.

SEBASTIAN
Wer war er denn?

NINIVE
Mein Vater.

SEBASTIAN
(verwirrt)
Oh, dann... dann sind Sie also die Tochter von... von Ihrem Vater. Herzliches Beileid. Entschuldigen Sie, daß ich so...

NINIVE
Schon gut. Aber Sie dürfen es vorläufig niemand verraten, hören Sie? Es muß geheim bleiben.

SEBASTIAN

Da bin ich wie ein Tresor, Sie können sich drauf verlassen.

NINIVE

Und wissen Sie, warum ich Sie hierher gerufen habe? Ich brauche jemand, der mich beschützt.

SEBASTIAN

(begreift nicht gleich, macht dann vor Freude einen Luftsprung)

NINIVE

Wenn Sie mir gehorchen, dann werden Sie große Schätze bekommen. Sie werden so reich, wie Sie es sich gar nicht vorstellen können. Aber Sie müssen mir in allem gehorchen.

SEBASTIAN

Und Sie stehen jetzt unter meinem Schutz.

NINIVE

Es ist aber sehr gefährlich. Haben Sie keine Angst?

SEBASTIAN

Wovor?

NINIVE

Dieses Gebäude ist eine Falle.

SEBASTIAN

(pfeift durch die Zähne)

NINIVE

(wird von ihrer eigenen Erzählung mitgerissen)

Es ist nämlich überhaupt nicht so groß, wie man meint. Es hat sogar nur einen einzigen wirklichen Raum. Alle Treppen und Gänge sind nur an die Wände gemalt – so täuschend, daß man es nicht merkt, sogar wenn man hineingeht. Und dort sind wieder Türen an die Wände gemalt, und Zimmer dahinter und neue Treppen und Gänge. So geht es immer weiter.

SEBASTIAN
(begeistert)
Versteh schon, vierte Dimension und sowas. Das kenn ich.

NINIVE
Und wir zwei – wissen Sie, wo wir jetzt gerade sind? Wir sind nur noch zwei ganz winzige Figuren auf einem Bildchen, das in einem gemalten Zimmer hängt, das auf einem Bild zu sehen ist. Wir können immer weiter hineingehen, immer tiefer und tiefer, ohne je ein Ende zu finden, aber wir können nicht mehr zurück, außer...

SEBASTIAN
Außer was?

NINIVE
(sehr ernst)
Außer Sie führen mich hinaus. Glauben Sie, Sie könnten es?

SEBASTIAN
Verlassen Sie sich auf mich.

NINIVE
Sind Sie sehr stark?

SEBASTIAN
Muß man stark sein dazu?

NINIVE
Sie müssen mich tragen.

SEBASTIAN
Wenn's nur das ist.

NINIVE
Ich bin aber sehr schwer.

SEBASTIAN
Das kann ich mir nicht denken.

NINIVE

Doch, ich bin sehr schwer. Das müssen Sie mir glauben. Ich bin so schwer wie aus Stein.

SEBASTIAN

Ich möcht Sie gern mal hochheben – wenn Sie's erlauben?

NINIVE

Ich befehle es.

SEBASTIAN

(hebt sie vorsichtig auf seine Arme)

Sehen Sie, ich trag sie leicht.

(beide lachen)

Hinter der Bühne knallt ein Schuß, ein bunter Vogel fällt tot neben dem Paar zu Boden.

NINIVE

Mein Vogel!

VIERTE SZENE

Die Vorigen. Alexandra von Xanadu erscheint mit rauchendem Gewehr auf der Galerie. Sie trägt alte Reithosen und einen durchlöcherten Rollkragenpullover. Offenbar hat sie in diesen Kleidern zuletzt in Scheunen genächtigt.

ALEXANDRA

Ah, die ersten Gäste! Das Fest beginnt!

(sie kommt die Treppe herunter. Sebastian setzt Ninive ab und stellt sich schützend vor sie – in Judopose. Alexandra geht an ihm vorbei, ohne ihn zu beachten, und hebt den Vogel hoch.)

Ist er nicht wunderschön? Topas und Lapislazuli. Er ist anbetungswürdig. Ich bin schon seit einer Stunde hinter ihm her.

(sie wendet sich Sebastian unvermittelt zu und fixiert ihn. Sie scheint seine Zukunft zu »sehen«.)

Wozu sind Sie gekommen? Um eine Erbschaft zu machen... Ach, mein liebes Herz, ich sehe schon, wozu Sie gekommen sind. Glauben Sie an Vorahnungen? Pferde haben dergleichen manchmal.

SEBASTIAN

(richtet sich auf, sichtlich erleichtert)

Ich dachte schon, Sie haben was gegen uns. Guten Tag.

ALEXANDRA

(nickt ihm lächelnd zu, dann halb für sich)

Vielleicht gibt es irgendwo in diesem Haus Feuer.

SEBASTIAN

Ich hab Streichhölzer.

ALEXANDRA

Danke, es handelt sich nicht um mich, sondern um meine Berglilie. Sie ist verrückt geworden und rennt wie toll herum. Sind Sie ihr zufällig begegnet?

SEBASTIAN

(ernsthaft)

Eine herumrennende Lilie – also die wär mir bestimmt aufgefallen.

ALEXANDRA

(fixiert ihn wieder, nickt langsam, dann mit zweideutiger Betonung):

Ja – du bist von der Art, die immer dran glaubt. Es handelt sich um eine weiße Stute. Alle Berglilien stammen in gerader Linie von Mohammeds Hengst ab.

NINIVE

(begreift plötzlich)

Ach so! Das war also der Hufschlag vorhin!

SEBASTIAN

Wozu braucht Ihr Pferd denn Streichhölzer?

ALEXANDRA

Sie fürchtet das Feuer. Sie spürte es Stunden vorher, als einmal der Zirkus abbrannte. Lilie ist sonst das vernünftigste Pferd von der Welt. Sogar bei den schwierigsten Raubtiernummern hat sie still gehalten wie ein Denkmal. Aber heute? Ich war schon früh am Morgen hier, das Haustor steht offen, ich reite ganz gemütlich bis in die zweite Etage hinauf und schaue mir die Sachen an, steige ab, um eine kleine Vase in die Hand zu nehmen – frühe Ming-Periode! –, plötzlich bleckt Lilie die Zähne, legt die Ohren an, steigt hoch wie ein Schlagbaum und hui! auf und davon. Hört auf kein Rufen, nichts! Seither ist sie verschwunden.

NINIVE

Sie sind vom Zirkus?

ALEXANDRA

Ja, ich hatte sieben Tiger, vier Löwen und einen schwarzen Panther. Der siebenundzwanzigste November. Wissen Sie, was das ist? Mein Todesdatum. Der Tag, an dem ich die Tiere verkaufen mußte.

SEBASTIAN

(verwirrt)

Aber Sie – Sie sehen eigentlich ganz lebendig aus.

ALEXANDRA

(freundlich)

Man stirbt öfter im Leben – wenn man wirklich lebt.

NINIVE

Warum haben Sie sie denn verkauft?

ALEXANDRA

(leicht)

Sehr einfach. Wir haben Pleite gemacht.

NINIVE

Vielleicht erben Sie jetzt viel Geld und können alle Tiere zurückkaufen.

ALEXANDRA

Das würde ich nicht tun, und wenn ich eine Million hätte, mein Kind.

NINIVE

Warum?

ALEXANDRA

Ich widerrufe nichts. Still! Da ist sie!
(Hufschlag, diesmal weit entfernt)
Lilie! Mein kleiner Liebling! Mein Sammetmäulchen! Zum Teufel nochmal, wirst du endlich hören, du hysterisches Schaukelpferd!
(sie lauscht)
Mein Himmelsangesicht! Mein Sonnenfellchen! Verdammt, wenn du nicht sofort parierst, breche ich dir alle Knochen im Leib, du stinkendes Kamel!
(der Hufschlag verklingt)
Sie hört mich nicht, sie ist völlig verstört, die Arme. Ich muß sie mit dem Lasso einfangen.

Sie eilt hinaus, Sebastian und Ninive werfen sich einen Blick zu und folgen ihr neugierig.

FÜNFTE SZENE

Der Notar Dr. Leo Arminius, einen steifen Hut auf dem Kopf, eine Aktentasche unter dem Arm, geht umher und betrachtet voll innerer Ablehnung Bildnisse und Büsten.

ARMINIUS

... oder das? War das Ihr Gesicht, Johannes Philadelphia? Ich frage mich, was Sie vom Menschen wissen. Offengestanden, mich degoutiert die Art, wie Sie die Schwäche Ihrer Erben in Versuchung führen wollen. Vertrauen Sie ihnen so – oder spotten Sie ihrer? So töricht das eine wie das andere boshaft.

Er will weitergehen, hält aber verblüfft inne.

SECHSTE SZENE

Arminius. Vor ihm steht Anton Buldt in einer Automobilistenvermummung aus den Frühtagen der Technik.

ARMINIUS

Herr Buldt, soweit ich sehe?

ANTON

Ich bitte um Vergebung, Herr Notar, wenn mein Anblick Sie befremdet. Ich wollte nur vermelden, daß ich soeben die Erben mit dem Automobil von der Bahnstation abgeholt habe. Daher diese sportliche Tracht.

ARMINIUS

Meinen Respekt, lieber Buldt! Ich bin froh, daß ich an dieser Fahrt nicht teilnehmen mußte. Jedenfalls sind alle Herrschaften lebend angekommen?

ANTON

Sehr wohl, Herr Notar. Nämlich die vier, welche mit dem Zug eingetroffen sind.

ARMINIUS

Nur vier? Wo sind die anderen?

ANTON

Einige scheinen sich bereits im Hause zu befinden.

ARMINIUS

Möglich – ich hörte schon verschiedentlich Lärm. Sie wissen, daß die Erben vielleicht über Nacht bleiben? Oder auch länger – bis alles geordnet ist. Haben Sie für diesen Fall vorgesorgt?

ANTON

Sehr wohl, Herr Notar. Ich habe getan, was möglich war.

ARMINIUS

Man sieht nicht allzuviel von Ihren Bemühungen.

ANTON

Oh, was das betrifft – früher war dieser Palast ein wahres Wunder an Ordnung und Schönheit. Aber seit dem Tode des lieben verehrten Herrn begann er an Glanz zu verlieren. Ich fürchte, offengestanden, es liegt an mir.

ARMINIUS

(sarkastisch)

Tatsächlich, fürchten Sie das?

ANTON

Ich hätte mich still verhalten müssen. Jeder meiner Versuche, das einbrechende Chaos zu bezwingen, vergrößerte es nur, wenn auch unmerklich. Aber wer, ich frage Sie, vermag sich schon so stille zu halten, daß niemand im Himmel und auf Erden ihn bemerkt und Götter und Engel sich rings um ihn niederlassen, arglos wie die Vögel um eine unschuldige Vogelscheuche?

ARMINIUS

Sagen Sie, Herr Buldt, warten Sie darauf, daß mir ein Kronleuchter auf den Kopf fällt? Oder warum starren Sie die ganze Zeit gen Himmel?

ANTON

Der Vögel wegen, mein Herr. Sie haben offenbar noch nichts bemerkt. Sie ziehen dieser Tage, darum achten sie auf nichts.

ARMINIUS

Sie ziehen?

ANTON

Vom Süden in den Norden des Palastes, um sich zu paaren und zu nisten. Sehen Sie nur, sie schreiben im Fluge Zeichen in die Luft, Botschaften, ein Alphabet, welches das Herz zu lesen versteht – falls es lesen gelernt hat. Fällt Ihnen nicht auf, Herr Notar, daß ein Wort fehlt?

ARMINIUS

Nein. Vielleicht läßt nur die Grammatik der Kleinen zu wünschen übrig?

ANTON

Ich fürchte, mein Herr, es wurde dieser Palast eines kostbaren, unersetzlichen Wortes beraubt. Er wird es nie wieder sprechen können. Und ein totes Wort ist der Anfang des Verstummens.

ARMINIUS

Was soll das heißen?

ANTON

Es soll heißen, mein Herr, daß dies kein Haus ist wie andere Häuser. Es ist kein gewöhnliches Haus.

ARMINIUS

Ja, es ist ein ungewöhnlich, unangenehmes Haus!

ANTON

Es lebt.

ARMINIUS

Wie bitte?

ANTON

Es atmet. Es antwortet. Es ist ein lebendiges Wesen.

ARMINIUS

Sie waren viel allein in letzter Zeit, nicht wahr?

ANTON

(streng)

Mir obliegt die Pflicht, keinen, der hier weilt, darüber im unklaren zu lassen, daß dieser ganze gewaltige Palast ein einziger lebendiger, untrüglicher Spiegel ist, der alle empfangenen Bilder zurückwirft auf die Urheber und deren wahres Wesen offenbart. Oh, ich könnte Ihnen Verwandlungen erzählen, sowohl des Hauses als auch derer, die hier weilten, Verwandlungen wunderbarer und auch schrecklicher Art...

ARMINIUS

Es ist nicht meines Amtes, Ihnen Befehle zu erteilen, Herr Buldt. Aber ich rate Ihnen dringend, sich auf Ihre Pflichten als Diener zu beschränken.

ANTON

Mein Herr! Es bestürzt mich, daß mir ein Mann des Rechtes den Rat erteilt, Wahrheiten von solcher Tragweite zu verschweigen. Ich werde ihn nicht befolgen!

ARMINIUS

Wie Sie wollen. Holen Sie jetzt die Herrschaften. Ich warte im Arbeitskabinett.

ANTON

Sehr wohl, Herr Notar.

Beide gehen zu entgegengesetzten Seiten ab.

SIEBTE SZENE

Draußen zunehmende Gewitterstimmung. Anna Fenris, eine blinde alte Bauersfrau, kommt vorsichtig auf die Bühne. Gleichzeitig erscheint auf einer Galerie Alexandra von Xanadu mit dem Vogel. Sie lehnt sich über die Brüstung und beobachtet die Blinde. Anna Fenris geht, halbe Worte vor sich hinmurmelnd, umher und betastet prüfend allerlei Gegenstände und Stoffe. Als man Stimmen näherkommen hört, setzt sie sich rasch auf einen Stuhl und hält ihre Handtasche fest. Die Vogelrufe hören nach und nach auf.

ACHTE SZENE

Die Vorigen. Es treten auf Paula Olm, ein Spülmädchen, und Klara Dunkelstern, Lehrerin, mit ihnen Egon und Elsbeth.

KLARA

Sie haben sich wohl schon weidlich umgesehen hier?

ELSBETH

Wir waren schon beunruhigt, weil wir keine Menschenseele finden konnten, denken Sie nur. Aber nun freuen wir uns sehr, mein Mann und ich, daß Sie da sind und wir Sie alle kennenlernen. Wir sind ja jetzt sozusagen eine große Familie, nicht wahr?

EGON

Übrigens, dieser General – wo ist er denn geblieben?

ELSBETH

Eben war er noch bei uns.

PAULA

Das ist ein feiner Herr. Ich bin mit ihm im Bahnabteil gesessen.

KLARA

Nun, ich will mir kein persönliches Urteil erlauben. Er mag menschlich sympathisch sein, aber ich lehne Militär aus prinzipiellen Gründen ab.

EGON

(am Fenster)

Sieht aus, als gäbe es bald ein Gewitter.

PAULA

Sie Fräulein, ich muß noch einmal drauf kommen, also wenn Sie jetzt zum Beispiel eine Million erben würden?

KLARA

(lacht)

Nein, mein Kind, auch dann würde sich in meinen Leben nicht viel ändern.

PAULA

Sowas kann ich einfach nicht glauben.

KLARA

Sehen Sie, ich will versuchen, es Ihnen zu erklären. Ich habe es sehr schwer gehabt in meiner Jugend, auch später noch. Was man so Glück nennt, ich meine

das wahre innere Glück, war mir nicht gegeben, damals, meine ich.
(Sebastian und Ninive treten auf und bleiben unbemerkt im Hintergrund. Ninive setzt sich von Sebastian fort)
Bis ich eines Tages begriff, daß es Menschen gibt, die für sich selbst nichts erwarten dürfen, die aber dafür eine höhere und reinere Erfüllung ihres Lebens finden können, indem sie dem Wohle anderer dienen.

PAULA
Ja, aber wenn Sie jetzt auf einmal steinreich wären?

KLARA
Dann, Fräulein Paula, würde ich meinen Reichtum als eine Leihgabe betrachten, die mir gegeben wurde, um anderen Menschen zu helfen.

PAULA
Sie sind ja eine Idealistin, oder?

KLARA
(scharf)
Keineswegs. Ich sehe die Realität vermutlich nüchterner als Sie, mein gutes Kind.

Man hört entfernt seltsamen Lärm und Zerbrechen von Porzellan.

ANNA
(für sich)
Da war was!

KLARA
Vielleicht sollte man nachsehen?

EGON
Ach was, wahrscheinlich hat der alte Diener Geschirr zerbrochen. Das ist doch kein Grund zur Beunruhigung.

PAULA
Also ich, ich bin da ganz anders. Wenn ich auf einmal eine Million hätte – ha, was glauben Sie! Als erstes würd ich dem Wirt und der Küchenchefin, wo ich seit

zwei Jahren das Geschirr wasche, den Abspüllumpen um die Ohren hauen, so links und rechts und nochmal, für jedes Mal, wo sie mich schikaniert haben. Und dann würde ich mit dem Flugzeug nach Paris hinüberfliegen und mir mindestens hundert sündteure Kleider kaufen. Und dann möcht ich eine Villa am Meer, da würd ich den ganzen Tag auf einer großen Ottomane liegen und Illustrierte anschaun. Und dann, ja, dann tät ich mir selber ein Dienstmädchen halten, und die würd es ehrlich gut haben bei mir, so gut wie nirgends, weil ich ja schließlich genau weiß, was so eine Person braucht, das können Sie mir glauben.

KLARA
(säuerlich)
Da kann man nur hoffen, daß eine Million genügt.

PAULA
Leicht. Und Sie, Frau, was täten Sie, wenn Sie auf einen Schlag einen riesigen Haufen Geld hätten?

ANNA
Ich? Da dran denk ich nicht, Fräulein.

PAULA
Warum, Sie sind doch auch als Erbin hier, oder?

ANNA
Ich glaub's nicht. Es wird sich gewiß gleich herausstellen, daß sie mich bloß aus Versehen eingeladen haben.

EGON
Ach, wie kommen Sie darauf?

ELSBETH
Haben Sie etwa den Verstorbenen gar nicht gekannt?

EGON
(leise)
Elsbeth!

KLARA

Was bringt Sie denn zu einer so sonderbaren Vermutung?
(peinliches Schweigen)

PAULA

(ängstlich)
Aber wenn es so wär, deswegen könnt er einem doch was vererben, oder?

EGON

(barsch)
Kaum anzunehmen.

NEUNTE SZENE

Die Vorigen. General Markus Schweler, hinter ihm Anton Buldt. Schweler hält sich ein Taschentuch an die Stirn.

SCHWELER

Bitte um Verzeihung, wenn ich Sie warten ließ, meine Herrschaften.

ELSBETH

Mein Gott, Sie bluten ja! Hier, nehem Sie mein Kölnisch – zum Desinfizieren.

SCHWELER

Sehr liebenswürdig, gnädige Frau, besten Dank.

ELSBETH

Was haben Sie denn nur gemacht, Herr General?

SCHWELER

Stellen Sie sich vor, meine Herrschaften – die Vögel! Verrückte Geschichte, wirklich. Plötzlich stürzt sich doch ein ganzer Schwarm auf mich und hackt nach meinem Gesicht. Wie finden Sie das?

PAULA

Mir hat vorhin einer hinaufgemacht! Auf meinen neuen Hut!

SCHWELER

Na, jedenfalls sollte man sie nicht so frei herumschwirren lassen.

PAULA

Manche Tiere können Uniformen nicht leiden. In einem Haus, wo ich war, da hatten sie einen Hund, der hat immer den Briefträger gebissen – also jedesmal, ehrlich! Der Mann war schon ganz nervös.

SCHWELER

Soso, ein Briefträger! Köstlich!
(lacht)

PAULA

Naja, woher soll denn ein Tier das begreifen, daß ein Unterschied ist zwischen einem Briefträger und einem General, oder?

KLARA

Sie kennen ihn offenbar auch nicht, mein gutes Kind.

SCHWELER

Aber lassen Sie doch! Man hat doch Humor.

PAULA

Wieso? Was hab ich denn gesagt? Sie haben doch gesagt, daß Sie keine Militärpersonen mögen, Fräulein, nicht ich, oder?

KLARA

Prinzipiell, liebes Kind, nicht persönlich. Das ist wiederum ein Unterschied.

PAULA

Aber gesagt haben Sie's.

SCHWELER

Darin stimme ich übrigens völlig mit Ihnen überein, mein Fräulein. Ich wäre der erste, der die Uniform an den Nagel hängt. Aber die Verhältnisse sind vorläufig nicht danach. Traurig, aber was sein muß, muß eben sein. Und jemand muß es ja machen.

ELSBETH
Das sagen wir auch immer, nicht wahr, Egon?

EGON
Absolut.

ANTON
Meine Damen, meine Herren – erlauben Sie mir, Sie alle im Namen des verehrten Verstorbenen in diesem Hause auf das Herzlichste willkommen zu heißen.

SCHWELER
Sagen Sie mal, wo bleibt eigentlich der Notar? Ich habe nämlich sehr wenig Zeit, verstehen Sie?

ANTON
Ich verstehe, mein Herr.

ELSBETH
Werden denn noch mehr Erben erwartet?

ANTON
Ja, meine Dame.

EGON
Wird es lange dauern, bis die Angelegenheit abgewickelt ist?

ANTON
Ich hoffe nicht, mein Herr.

KLARA
Ach, eine Frage noch, mein lieber Herr...

ANTON
Buldt. Anton Buldt.

KLARA
Herr Buldt, Sie haben doch den Verstorbenen vermutlich gut gekannt, – ich meine, in seiner letzten Zeit. Ich habe ihn so lange nicht mehr gesehen.

ANTON
Ich war, wenn ich so sagen darf, sein Freund.

EGON

Oh, da möchte ich auch gerne etwas wissen...

Alle fixieren einander und zögern.

ANTON

Schlagen Sie mich auf, meine Herrschaften! Zwar – mein Einband ist ein wenig verstaubt, meine Seiten sind vergilbt und brüchig, aber Sie werden behutsam blättern und alles erfahren, was Sie zu erfahren wünschen. Überzeugen Sie sich: Nicht eine einzige Seite ist verloren, nicht eine Zeile verblaßt oder unleserlich. Ich habe alles getreulich bewahrt.

KLARA

Sie sind also, wenn ich Sie richtig verstehe, sozusagen eine wandelnde Chronik?

ANTON

Und stehe ganz zu Ihren Diensten, meine Herrschaften.

ELSBETH

Wie alt war unser lieber guter Johannes eigentlich, als er starb?

ANTON

Zweiundneunzig Jahre, drei Monate, elf Tage und sechs Stunden.
(Pause)

PAULA

Woran ist er denn gestorben? Er war doch so krank, oder?

ANTON

An nichts, meine Dame. Er war nicht krank. Es war sein Wille.

EGON

Zu sterben?

ANTON
Er tat stets das, wozu die Zeit gekommen war, mein Herr.

EGON
Das ist typisch für ihn! So war er schon als Knabe. Legt sich einfach hin und stirbt!

SCHWELER
Hatte er Verwandtschaft? Außer den Anwesenden, natürlich.

ANTON
Eine sehr große, mein Herr. Er wußte sich mit allen Menschen verwandt.

KLARA
Das habe ich immer so an ihm geliebt.

SCHWELER
Ich meine reale Verwandtschaft.

ANTON
Durchaus reale Verwandtschaft, mein Herr.

EGON
Er hat mir mal gesagt, Johannes Alexandria sei eigentlich ein Künstlername? Wie hieß er noch in Wirklichkeit?

ANTON
Philadelphia, mein Herr, Johannes Philadelphia.

Lange peinliche Pause. Keiner wagt mehr zu fragen.

SCHWELER
Ein Vorschlag, wenn Sie nichts dagegen haben, meine Herrschaften: ich glaube, wir klappen unsere Chronik für den Augenblick wieder zu und schicken sie nach dem Notar. Später können wir dann beliebig lange in unseren Erinnerungen blättern.

ANTON
Sehr wohl, mein Herr.
(er zögert)

SCHWELER
Gehen Sie schon endlich!

ANTON
Wie Sie befehlen.
(ab)

ZEHNTE SZENE

Die Vorigen ohne Anton Buldt. Alexandra kommt applaudierend die Treppe herunter. Gewitterbeleuchtung. Die Vogelrufe sind verstummt.

ALEXANDRA
Bravo! Bravo! Exzellent, meine Herrschaften!
(niemand erhebt sich)
Bitte bleiben sie ruhig sitzen, meine Herren! Erlauben Sie, daß ich mitspiele?
(sie setzt sich)
Ich liebe Maskeraden. Durch Masken werden die Leute so kenntlich.

EGON
Ich fürchte, Sie sind auf der falschen Veranstaltung.

ELSBETH
Seltsam, was für Leute hier ins Haus gelassen werden.

SCHWELER
»...Geht hinaus auf die Landstraßen und an die Zäune, und nötigt hereinzukommen, wen ihr dort findet, auf daß mein Haus voll werde.«
(er lacht)

ALEXANDRA

Sie lesen die Bibel, Herr General? Dann kennen Sie vielleicht auch die Stelle: »Wo ein Aas ist, da sammeln sich die Geier.«

Peinliche Stille.

KLARA

Wo nur der Notar bleibt?

ALEXANDRA

Ich hoffe, ich habe Ihnen nicht die Unbefangenheit genommen?

EGON

Niemand von uns hat Ihnen Anlaß gegeben zu provozierenden Redensarten.

ALEXANDRA

Oh, verzeihen Sie – ich wußte nicht, daß Sie nicht gut hören. Sonst müßten Sie doch längst dieses eigentümliche Geräusch vernommen haben. Es ist da, seit Sie hier sind.

ELSBETH

Um Gottes willen, was denn für ein Geräusch?

ALEXANDRA

Wenn Sie einen Augenblick den Atem anhalten und lauschen, müßten Sie es auch jetzt hören. Es klingt ganz so, als ob irgendwo im Verborgenen schon viele lange Messer gewetzt würden.

PAULA

Also, ich hör nichts.
(Pause)

NINIVE

Haben Sie Ihr Pferd gefunden?

ALEXANDRA

Nein, mein Kind.

EGON

Pferd? Ach so, jetzt begreife ich erst...
(leise zu Alexandra)
Meine Tochter hat mir von Ihrer Begegnung im Reitsaal erzählt. Verzeihen Sie, aber ich wußte nicht... Sie sagten ihr da etwas von betrügerischen Absichten...

ALEXANDRA

Wir haben uns unterhalten, nichts weiter.

EGON

Eben. Jetzt verstehe ich, warum Sie sagten, Sie lieben Masken!

ALEXANDRA

Sagte ich das?

EGON

Meine Tochter hielt Sie nämlich für einen Mann, denken Sie.

ALEXANDRA

Ein originelles Kind.

EGON

Sie hat mir alles erzählt. Nur den Namen hat sie vergessen. Den Namen, verstehen Sie? Wenigstens eine Andeutung... Es wäre sehr wichtig für mich...

ALEXANDRA

Berglilie.

EGON

Berglilie?

Er erhebt sich irritiert und entfernt sich unschlüssig.

ELFTE SZENE

Die Vorigen. Dr. Arminius und Anton Buldt treten auf.

ARMINIUS

Meine Damen und Herren, ich begrüße Sie alle im Namen des teuren Verstorbenen. Ich bin Dr. Leo Arminius und als Notar mit der Vollstreckung seines letzten Willens beauftragt. Da, wie ich sehe, bereits alle Erben versammelt sind, halte ich es für das Beste, ohne alle weiteren Formalitäten und auf schnellstem Wege mich meiner Aufgabe zu entledigen.

SCHWELER

Sehr zu begrüßen.

ARMINIUS

Wollen Sie bitte an diesem Tisch Platz nehmen.
(alle setzen sich wie zufällig auf »ihre« Stühle.)
Der Anweisung des Erblassers folgend, werde ich zunächst jeden von Ihnen ein geschlossenes Kuvert überreichen. Ich beginne. »Herr Direktor Egon S. Geryon.«

EGON

Danke sehr.

ARMINIUS

»Fräulein Klara Dunkelstern«.

KLARA

Das bin ich. Danke.

ARMINIUS

»Fräulein Paula Ohm«.

PAULA

Ja? Hier, bitte.

ARMINIUS

»Frau Elsbeth Geryon«.

EGON

Hier – meine Gattin.

ELSBETH
Danke, lieber Doktor.

ARMINIUS
»Herr General Markus Schweler«.

SCHWELER
Hier. Danke.

ARMINIUS
»Frau Anna Fenris«.

ANNA
Ich!

ARMINIUS
»Alexandra Freifrau von Xanadu«.
(Reaktion der anderen)

ALEXANDRA
Geben Sie her. Danke.

ARMINIUS
»Fräulein Ninive Geryon«.

EGON
Dort, meine Tochter!

NINIVE
Danke.

SEBASTIAN
(erhebt sich halb, verwirrt)
Moment mal – seine Tochter?

ARMINIUS
Irgendeine Unstimmigkeit?

NINIVE
Nein.

ARMINIUS
»Herr Sebastian Nothaft«.

SEBASTIAN
Wie? Danke.
(er starrt Ninive unverwandt an)

ARMINIUS
»Herr Jakob Nebel«. – Herr Jakob Nebel bitte! Ist der Herr nicht anwesend?

Die Erben haben ihre Kuverts geöffnet und abgerissene Papierstücke hervorgezogen – je eines aus jedem Kuvert.

SCHWELER
Sagen Sie mal, Herr Notar, wird hier Lotterie gespielt?

ELSBETH
Was bedeutet das, Egon?

EGON
Abwarten, Elly. Sei vorsichtig!

PAULA
Bei mir steht was drauf. Bei Ihnen auch, Frau Fenris!

ANNA
Ich weiß nicht.

PAULA
Zeigen Sie's her!

ANNA
Nein!

PAULA
Ich nehm's Ihnen schon nicht.

KLARA
Lassen Sie mal sehen, Fräulein Olm! Sehr merkwürdig. »Ein goldenes Schloß – mit sich – würde – nun hin – gemeinsam – eurer neuen.« Was kann das heißen?

ARMINIUS

Meine Herrschaften, ich muß Sie dringend ersuchen, Zurückhaltung zu üben, bis Sie erfahren haben, was es mit diesen Teilen auf sich hat. Da aber Vollzähligkeit der Erben eine conditio sine qua non darstellt, ist es uns leider unmöglich fortzufahren, solange Herr Jakob Nebel fehlt.

ZWÖLFTE SZENE

Die Vorigen. Jakob Nebel tritt auf, rußgeschwärzt und morastbedeckt. Er verneigt sich würdevoll.

JAKOB

Da ich soeben einen diesbezüglichen Namen erwähnen hörte, nehme ich mit aller mir zu Gebote stehenden Bescheidenheit an, nicht unerwartet in diesen Personenkreis zu treten. Ich freue mich hinlänglich, daß Sie mich kennenlernen.

ARMINIUS

Herr Jakob Nebel?

JAKOB

So ist mein unerheblicher Name. In meinen Kreisen auch einfach Nebeljakob genannt.

ARMINIUS

Sie haben uns warten lassen, Herr Nebel.

JAKOB

Unfreiwillig, Euer Ehren, absolut unfreiwillig. Ich bin zwar mit den anderen Herrschaften einheitlich per Zug gekommen, da ich aber, von Mutterbeinen an zur Sparsamkeit erzogen, meine Reisen stets unter dem Waggon zu machen pflege, konnte ich meinen Platz leider nicht rechtzeitig verlassen. Auf meiner Wanderung quer durch das Moor versank ich zweimal regulär bis zur Hutkrempe, aber der Gedanke, daß man sich hierorts wegen meiner geringfügigen Person Sorgen machen könnte, gab mir die Kraft, meinen Fußmarsch auch unterhalb des Wasserspiegels fortzusetzen. Bitte betreffs dessen meinen äußerlichen Eindruck entschuldigen zu dürfen.

SCHWELER

So ein waschechter Galgenvogel hat uns gerade noch gefehlt.

JAKOB

(gekränkt)

Ich habe den starken Eindruck, Sie wollen mich bekümmern, werter Herr! Ich habe im Kampf mit dem Schicksal manchen Backenstreich empfangen und, wenn es sein mußte, willig auch noch alle anderen Backen hingehalten, aber auf eine vorsätzliche Verunglimpfung seiner Menschenwürde antwortet Nebeljakob mit Schweigen. Er geht beiseite und wartet, bis man in aller Form die Flecken von seiner Ehre gereinigt hat. Ich habe Ehre!

(will abgehen)

ARMINIUS

Halt! Um Gottes willen, bleiben Sie doch! Sie werden dringend gebraucht.

JAKOB

Dann bitte ich diesen Herrn um ausreichende Genugtuung bei mir.

SCHWELER

Es tut mir leid, mein Lieber – wollte Sie nicht kränken. Aber sagen Sie mal ehrlich, aus welchem Kittchen sind Sie denn entsprungen?

JAKOB

Aus dem St.-Laurentius-Gefängnis, dem weitaus besten in seiner Art. Nur erstklassiges Publikum. Übrigens bin ich rektal entlassen, nach drei Jahren. Die restlichen acht Monate wurden mir wegen tadelloser Führung gutgeschrieben.

ARMINIUS

Herr Nebel, dies ist für Sie.
(gibt ihm ein Kuvert)

JAKOB

Hinlänglichen Dank, Euer Ehren!

ARMINIUS

Setzen Sie sich dorthin! Meine Damen und Herren, ich verlese nun die vom teuren Verstorbenen für Sie hinterlassene Mitteilung: »Meine lieben Erben! Ihr alle kennt mich nicht besser, als ihr euch untereinander kennt, nämlich gar nicht.«
(Verglegenheit unter den Erben)
»Und doch ist keiner unter euch, den ich nicht aus triftigen Gründen erwählt hätte. Sie sind für Euch ohne Bedeutung, darum forscht nicht nach ihnen. Es mag Euch genügen, daß ich sie kenne. Und nun hört, meine lieben Kinder, was ich Euch zu sagen habe, denn es liegt mir sehr am Herzen, daß Ihr mich versteht und euch nicht an mir ärgert. Ihr alle wartet darauf, daß mein Testament verlesen werde. Ob dies aber geschehen wird und wann, bestimmt niemand als Ihr selbst, denn mein letzter Wille liegt bereits in Euren Händen. Jeder von Euch besitzt einen Teil davon. Ihr habt nichts weiter zu tun, als diese Stücke richtig zusammenzusetzen. Wenn Ihr es vollbracht habt, werdet Ihr lesen können, was einem jeden von Euch zufällt. Ihr sollt aber wissen, daß alle Teile von gleicher Wichtigkeit sind und daß, wenn auch nur einer von Euch den seinen verweigert, das Ganze unverständlich bleibt. Es ist ein Spiel. Euer Lohn wird groß sein, wenn Ihr es gut spielt, groß aber auch, wie ich fürchte, wird Eure Strafe sein, wenn Ihr es schlecht spielt. Beides meßt Ihr Euch selbst zu, denn Ihr seid einer dem anderen überlassen. Darum, liebe Kinder, seid nun weise und bedenkt wohl, was Ihr tut. Johannes Philadelphia.«

Draußen Blitz und Donner. Lange Pause. Die Erben blicken sich beunruhigt an. Einige stecken ihre Zettel in die Kuverts zurück.

PAULA

Ja also – worauf warten wir eigentlich? Legen wir's halt zusammen, oder?
(da niemand antwortet)
Oder nicht?

EGON

Herr Notar – ich bitte um einen Augenblick Bedenkzeit.

NOTAR

Darüber habe ich nicht mehr zu befinden. Von nun an, meine Herrschaften, ist alles weitere Ihre Sache.

Blitz und Donner.

VORHANG

ZWEITER AKT

Derselbe Saal, jetzt tief in der Nacht. Auf dem langen Tisch stehen Silberkandelaber mit brennenden Kerzen, die lange Tropfenbärte gebildet haben. Ganz am Ende der Tafel ist mit kostbarem Geschirr für eine Person gedeckt.

ERSTE SZENE

Alexandra von Xanadu diniert allein. Sie trägt jetzt eine elisabethanische Robe aus grüner, brüchiger Seide. Anton in Livree wartet ihr auf. Wenn der Vorhang aufgeht, verharren beide bewegungslos und lauschen: ein langgezongenes, rhythmisches Keuchen geht durch das ganze Haus.

ALEXANDRA
Regnet es noch?

ANTON
Nein, Madame. Es hat schon vor einer Weile aufgehört. Eine mondklare Nacht. Etwas Wein?

ALEXANDRA
Ein wenig. Ah, superb!
(wieder das Keuchen des Hauses)
Geht es um in diesem Schloß?

ANTON
Ich fürchte, Madame, bald werden es die Erben sein, die hier umgehen.

ALEXANDRA
Wo sind die Leute eigentlich?

ANTON
Sie haben auf ihren Zimmern gespeist – jeder für sich.

ALEXANDRA
Sieh an, so weit sind wir bereits? Das ging schnell. Wie steht mir das Kleid?

ANTON

Unvergleichlich, Madame.

ALEXANDRA

Ich habe es hinter einer Tapetentür meines Zimmers gefunden. Ich konnte nicht widerstehen.

ANTON

Madame haben Mut. Die erste Trägerin dieser Robe wurde wahnsinnig, die zweite vergiftet von der Hand ihres Geliebten, die dritte starb von eigener Hand...

ALEXANDRA

Sagen Sie, mein Lieber, woher haben Sie diese Meisterschaft?

ANTON

Welche, Madame?

ALEXANDRA

Oh, Sie haben mehrere? Ich meine Ihre Kochkunst.

ANTON

Von meinem verstorbenen Herrn, Madame. Dennoch, um offen zu sein, bezweifle ich die Bekömmlichkeit dieses Gerichtes. Sie verspeisen Ihren eigenen Frevel.

ALEXANDRA

Der Vogel ist exzellent, mein Lieber!

ANTON

Ich gehorche Ihrem Befehl, Madame. Und doch wünschte ich aufrichtig, Sie hätten nicht darauf bestanden, diesen Vogel auch noch zu essen à la alcantara in Portweinsauce mit Trüffeln!

ALEXANDRA

Geben Sie mir die Saucière! Danke.
(betrachtet sie)
Sehen Sie diese entzückende kleine schlangenhaarige Medusa? Glauben Sie, daß sie sich vor dem Biß einer einzelnen Natter fürchtet, sie, die mit einer derartigen Frisur fertig zu werden versteht?

ANTON
Ich nehme es allerdings nicht an, Madame.

ALEXANDRA
Dann legen Sie mir noch etwas vom Brustfleisch vor!

ANTON
Wenn Madame mir die persönliche Bemerkung erlauben: Madame haben gewisse Ähnlichkeit mit dem verstorbenen Herrn.

ALEXANDRA
Erzählen Sie mir von ihm!

ANTON
Ach, Madame, nichts lieber als das! Es gab Tage, da schwebte dieses Haus vor Entzücken. Es stand auf nichts als seinem eigenen Spiegelbild wie ein Wasserschloß. Die langen Fluchten der Türen waren weit und hoch wie sonnige Alleen. Dann wieder gab es Tage, da zogen sich die Zimmer zusammen, krumm und schrecklich. Doch das war selten, ich erwähne es nur der Vollständigkeit halber.

ALEXANDRA
Wollten Sie mir nicht von Ihrem verstorbenen Herrn erzählen, mein Lieber?

ANTON
Das, Madame, tue ich ja.

ALEXANDRA
Ich verstehe.

ANTON
Was ihn selbst betrifft, seine Gestalt, seine Erscheinung – manchmal hatte ich Mühe, ihn zu erkennen. Er war vielgestaltig, bisweilen vielleicht ein Tier oder sogar ein Gegenstand. Auf Ehre, Madame, wo es für unsereinen nur eine Richtung gibt, da konnte er in alle vier gleichzeitig gehen...

ALEXANDRA

Warum erzählen Sie nicht weiter?

ANTON

Was ich gerade erzählte, war es nicht, als ob ich nach einem Schatten griffe?
(er wankt)

ALEXANDRA

Ist Ihnen schwindlig? Setzen Sie sich.

ANTON

Danke, Madame, es schickt sich nicht, indessen...
(setzt sich)

ALEXANDRA

Schon gut, Anton. Sagen Sie mir, was Sie so erschreckt.

ANTON

Madame – die Chronik meiner Erinnerung... ich finde plötzlich Zeilen darin, die ich nicht lesen kann... Signaturen der Sinnlosigkeit, nicht zu entziffern, undeutbar, fremd... Madame, fragen Sie mich! Fragen Sie mich rasch und soviel Sie fragen können. Retten Sie, was zu retten ist!

ALEXANDRA

Leider müssen wir es auf später verschieben. Wir bekommen Besuch.

ZWEITE SZENE

Die Vorigen. Dr. Arminius im Schlafrock.

ARMINIUS

Oh Verzeihung, ich störe.

ALEXANDRA

Durchaus nicht, Herr Notar. Leisten Sie mir Gesellschaft und versuchen Sie von diesem köstlichen Vogel.

ARMINIUS

Danke, ich habe keinen Appetit.

ALEXANDRA

Vielleicht ein Glas Wein?

ARMINIUS

Danke, ich trinke niemals Alkohol.

ALEXANDRA

Dann setzen Sie sich wenigstens. Es ist mir ungemütlich, wenn Sie herumstehen.

ARMINIUS

Eigentlich wollte ich nur von Herrn Buldt erfahren, ob es in diesem Hause so etwas wie ein Medizinschränkchen gibt. Der Ärger brennt mir buchstäblich Löcher in die Magenwände.

ALEXANDRA

Für einen Juristen sind Sie ungewöhnlch sensibel, lieber Doktor. Steht es so schlecht um unsere Sache?

ARMINIUS

Miserabel, Frau Baronin.

ALEXANDRA

Ich begreife nicht recht, was die Leute wollen. Zu guter Letzt bleibt ihnen ja doch nichts anderes übrig, als ihre Anteile hinzulegen, wenn sie zu ihrem Erbe kommen wollen.

ARMINIUS

Sie vergessen nur, daß jeder auch die Macht hat, die ganze Sache zu boykottieren, indem er nicht mitspielt.

ALEXANDRA

Aber davon hat doch keiner etwas.

ARMINIUS

Glauben Sie? Nun, ich will keinem der Beteiligten erpresserische Absichten unterstellen, aber jedenfalls ist der Wurm des Mißtrauens bereits ausgekrochen.

ALEXANDRA
Wie ging denn die Verhandlung zu Ende?

ARMINIUS
(lacht bitter)
Reizend, daß Sie danach fragen. Sie haben ja sehr bald die Geduld verloren.

ALEXANDRA
Ich hatte keine Lust, mir stundenlanges Geschwätz anzuhören.

ARMINIUS
Nun, zunächst bestand Direktor Geryon mit unbegreiflicher Hartnäckigkeit darauf, sich gegen jeden etwaigen Betrug abzusichern. Darauf verließ Herr Jakob Nebel unter Protest die Sitzung, Dann beteuerten alle Anwensenden eine Weile ihren guten Willen...

ALEXANDRA
Das weiß ich doch alles, mein Bester. Wie die Verhandlung ausgegangen ist, wollte ich wissen.

ARMINIUS
Nachdem Sie gegangen waren, Gnädigste, stritt man noch eine Weile hin und her. Es wurden Vermutungen laut, Direktor Geryon habe Interesse am Mißlingen der Sache. Jedenfalls brach der Verdächtige die Verhandlung ab und verließ ebenfalls mit Gattin und Tochter den Raum. Danach wurde die Sitzung unter gegenseitigen Beschuldigungen aufgehoben.

ALEXANDRA
Was werden Sie nun unternehmen, Herr Notar?

ARMINIUS
Ich? Mir ist der weitere Verlauf der Sache herzlich gleichgültig, gnädige Frau.

ALEXANDRA
Wirklich? Dann verstehe ich nicht, weshalb Sie Magenschmerzen haben.

Egon S. Geryon geht über die Bühne, wünscht »Guten Abend« und verschwindet wieder.

ALEXANDRA
(unvermittelt)
Sie kennen den Inhalt des Testaments. Nicht wahr?

ARMINIUS
Ich stehe unter Schweigepflicht.

ALEXANDRA
Und Sie nehmen Ihre Pflicht natürlich sehr ernst.

ARMINIUS
Glauben Sie mir getrost, Verehrteste, daß dieser Planet schon längst unbewohnbar wäre, gäbe es nicht Gesetz und Pflicht. Ob diese beiden Dinge im einzelnen sinnvoll oder weniger sinnvoll sind, ist völlig nebensächlich. Niemand hat das Recht, darüber nach eigenem Gutdünken zu entscheiden. Pflicht ist der Nordstern, um den sich unser Universum dreht!

ALEXANDRA
Ich habe nicht die Absicht, an Ihrem Nordstern zu rütteln. Geben Sie mir noch ein Glas Wein, Anton, und erzählen Sie weiter von Ihrem Herrn. Waren Sie dabei, als er starb?

ANTON
Ja, ich – und jene anderen.

Wieder Keuchen. Gleichzeitig ein seltsam keckernder Vogelschrei, dem ein mehrfaches Echo folgt.

ARMINIUS
Davon haben Sie mir nichts gesagt. Was waren das für Leute?

ANTON
Besucher.

Man sieht General Schweler über die Galerie gehen.

ARMINIUS

Kamen sie öfter?

ANTON

Sie kamen nicht. Sie gingen mit ihm. Sie hatten Gesichter wie von Gold und Eisen. Manche trugen Panzer aus silberblauen Fischen, andere waren in weite Mäntel aus rotem Laub gehüllt. Einer trug ein Gewand aus Wasser, das an seinem Leib herniederströmte, und hinterließ doch keine nasse Spur am Boden. Bei vielen ging weißer Rauch wie schweres Haar von ihren Häuptern aus und wehte hinter ihnen drein... der Sterbende redete mit ihnen wie mit Freunden und nannte jeden beim Namen: Asrael, Urmanischu, Samaan...

ARMINIUS

Und nachher fehlte nichts, kein Silber, keine goldene Uhr?

ALEXANDRA

Lassen Sie das! Berichten Sie weiter, Anton!

ANTON

Dann trugen sie ihn hinaus ins Moor. Sie tanzten den ganzen weiten Weg. Zuletzt versenkten sie ihn bei den elf Weiden, dort wo das Moor ganz unergründlich ist. Jetzt steht dort eine zwölfte Weide, sie trägt seine Züge. Die Züge von Johannes Philadelphia.

ARMINIUS

So. Glücklicherweise liegt der amtsärztliche Totenschein in meinem Ordner. Der Mann starb im Spital, wohin er fahrlässigerweise erst an seinem letzten Tag gebracht wurde. Und beerdigt hat man ihn auf dem nächsten Gemeindefriedhof.

ALEXANDRA

Ich glaube, Anton, es ist besser, Sie gehen mit dem Notar und geben ihm die gewünschten Pillen.

ARMINIUS
Ich bedaure, wenn ich...

ALEXANDRA
Gute Nacht.

Arminius verbeugt sich und geht mit Anton ab. Alexandra bleibt allein. Sie lauscht. Plötzlich mehrere unheimliche Vogelrufe, nah und fern, dann das Klatschen und Flattern von Flügeln. Dann Stille. General Schweler tritt auf. Auf seiner Stirn klebt ein Pflaster.

DRITTE SZENE

Alexandra; Markus Schweler bleibt im Hintergrund stehen.

ALEXANDRA
(ohne nach ihm zu schauen)
Nun, Herr General? Überlegen Sie, wie Sie ein Gespräch anknüpfen könnten?

SCHWELER
In der Tat, Baronin. Ich bin gekommen, um mich zu entschuldigen. Ich hoffe, Sie tragen mir meine Bemerkung bei unserer letzten Begegnung nicht nach.
(er setzt sich)
Ich konnte wahrhaftig nicht ahnen, daß ich es mit einer Dame, noch dazu mit einer Aristokratin zu tun hatte.

ALEXANDRA
Nehmen Sie ruhig Platz.

SCHWELER
Ach so! Na, entschuldigen Sie. Ein rauher Krieger denkt nicht immer an gute Manieren.
(lacht)

ALEXANDRA
Was freut Sie daran?
(Pause)

SCHWELER

(einlenkend)

Eine schöne Nacht heute, wie?

Klara Dunkelstern eilt über die Bühne.

ALEXANDRA

Ein bißchen unruhig, scheint mir.

SCHWELER

(auf Alexandras Gewehr zeigend)

Ein prächtiges Stück haben Sie da. Darf ich mal sehen? Ich versteh was von Waffen.

ALEXANDRA

Tatsächlich? Das ist ein Schießgewehr. Tun Sie sich nicht weh damit, großer Krieger.

(sie gibt es ihm)

SCHWELER

Ich möchte Ihnen einen Vorschlag machen.

ALEXANDRA

Schießen Sie los.

SCHWELER

Im Augenblick ist die Sache ziemlich verfahren. Wenn man die Leute sich selbst überläßt, geht das noch Tage und Wochen so weiter. Man kennt das, ein ewiges Hin- und Hergerede, das Ergebnis gleich Null. Ich glaube nicht an den Sieg der Vernunft, solange jeder mitzureden hat. Jedenfalls habe ich weder Zeit noch Lust, darauf zu warten.

ALEXANDRA

Und nun Ihr Vorschlag?

SCHWELER

Die Sache ist kolossal einfach. Was not tut, ist eine starke Hand, die den Karren aus dem Dreck zieht. Wo Entscheidungen zu fällen sind, kommt nur etwas zustande, wenn einer befiehlt und die anderen gehorchen.

ALEXANDRA
Und wer gibt diesem einen die Macht zu befehlen?

SCHWELER
Man nimmt sie sich.

ALEXANDRA
Erstaunlich! Wie macht man das?

SCHWELER
Daß Sie das fragen, wundert mich, Baronin. Durch überlegenes Auftreten, durch Entschlossenheit – kurzum, durch die angeborenen Tugenden der Herrennatur.

ALEXANDRA
Wollen Sie mich etwa mit diesem ehrenvollen Auftrag betrauen, Herr General?

SCHWELER
(irritiert)
Wieso? Sie?... Wenn Sie wollen, könnten wir natürlich zusammenarbeiten. Immerhin erfordert ja auch Ihr Beruf eine gewisse Willensstärke, vielleicht sogar Todesverachtung... wer gewohnt ist, wilde blutgierige Bestien zu bezwingen...

ALEXANDRA
Diese »wilden blutgierigen Bestien« haben allerdings eine Eigenschaft, die sie beträchtlich von den Herrschaften hier unterscheidet: Noblesse. Aber es gibt gewichtigere Gründe, Ihr kühnes Unternehmen nicht zu unterstützen.

SCHWELER
Und welche?

ALEXANDRA
Sagt Ihnen der Name Kassandra etwas?

SCHWELER
Wieso? Ja, natürlich.

ALEXANDRA

»Weh euch, die ihr im süßen Licht des Abends noch atmet, eh die Morgenröte ihm von Osten Antwort gibt, wird eine Stunde, die dunkelste der Nacht, sehr unvermutet zu Ewigkeit verwandelt, all dieses törichten Gezänks euch überheben ...«

Anna Fenris tastet sich im Hintergrund vorbei. Sie ist im Nachthemd.

SCHWELER

Sie sind eine bemerkenswerte Frau, Baronin. Ich begreife offengesagt nicht, daß jemand wie Sie beim Zirkus ist.

ALEXANDRA

Und ich begreife nicht, daß Sie es nicht sind, Herr General.

SCHWELER

Na, erlauben Sie mal!

ALEXANDRA

Der Zirkus ist in dieser fortschrittlichen Welt der einzige Ort, wo unsere »Todesverachtung« das unschuldige Publikum nur das Eintrittsgeld kostet, Herr General.

SCHWELER

Ich hatte Sie nicht für sentimental gehalten.

ALEXANDRA

Jedenfalls werden Sie begreifen, daß ich Ihnen einige kleine Schwierigkeiten zu machen gedenke. Ich bin gespannt, wie Sie damit fertig werden.

SCHWELER

So zum Beispiel.

(er richtet das Gewehr auf sie)

ALEXANDRA

Grandios! Ein Heldendenkmal! Und genauso unfähig, abzudrücken.

SCHWELER

Lassen Sie diese dumme Angeberei! Sie zittern ja.

ALEXANDRA

Sie haben vergessen zu entsichern.

SCHWELER

(tut es wütend)

Arrogantes Weibsstück!

ALEXANDRA

Jetzt werden Sie flegelhaft. Ich glaube, die Zeit, die ich für Sie hatte, ist abgelaufen.

(sie steht auf)

Geben Sie mir jetzt das Gewehr! Es ist nichts für Sie.

SCHWELER

Ich werde mir Ihren Schießprügel für eine Weile ausborgen. Tut mir leid. Falls es nämlich wieder Schwierigkeiten geben sollte, werde ich die ganze Bande mit vorgehaltener Waffe zwingen, sich zu einigen. Das sicherste Mittel, Leute zur Vernunft zu bringen, ist immer noch die Angst.

ALEXANDRA

(schüttelt mitleidig den Kopf)

Alle?

SCHWELER

Ich verlange von Ihnen vorläufig nichts, als daß Sie über dieses Gespräch Stillschweigen bewahren. Wenn Sie mir das zusichern, können Sie gehen.

ALEXANDRA

Ich denke nicht daran, Ihnen irgend etwas zuzusichern.

SCHWELER

Ich warne Sie. Provozieren Sie mich nicht!

ALEXANDRA

Ich gehe jetzt mein Pferd suchen.

SCHWELER

Sie bleiben! Oder ich schieß Sie über den Haufen.

ALEXANDRA

Schlafen Sie gut.
(sie geht)

SCHWELER

Ich zähle bis drei! Eins ... Zwei ...

ALEXANDRA

(an der Tür)
Drei. Sehen Sie?
(ab)

SCHWELER

(allein)
Den Deibel werd ich schießen, ich bin doch nicht verrückt!
(lacht grimmig)
Sie riecht den Bluff.
(er trinkt nachdenklich ihr Weinglas aus)
Ich muß nur verhindern, daß sie schwatzt. Es gibt da entlegene Zimmer mit dicken Türen. Dieses Spiel sollst du mir jedenfalls nicht verderben, mein Täubchen.

Er bläst die Kerzen aus und folgt Alexandra. Ein vielstimmiger traumhafter Lärm wird plötzlich laut wie in einem nächtlichen Dschungel. Gleichzeitig beginnt wieder das Keuchen des Hauses.

VIERTE SZENE

Ninive Geryon, Sebastian Nothaft.

NINIVE

(huscht herein. Sie trägt den Sommerpelz ihrer Mutter)

SEBASTIAN
(folgt ihr)
Es ist so dunkel hier.
(er streicht ein Zündholz an)

NINIVE
Nein, machen Sie kein Licht. Ich bin gern im Dunkeln.

SEBASTIAN
Aber ich muß was suchen.
(er entzündet die Lichter eines Kandelabers, nimmt ihn, geht auf Ninive zu und leuchtet ihr ins Gesicht)

NINIVE
Suchen Sie was in meinen Gesicht? Haben Sie etwas darin verloren?

SEBASTIAN
Vielleicht ... die Wahrheit. Sie haben mir da allerhand erzählt, wer Ihr Vater ist und so. Aber nachher beim Notar war auf einmal alles anders.

NINIVE
Haben Sie mir wirklich alles geglaubt? Alles?

SEBASTIAN
(lächelt plötzlich ratlos und unglücklich)
Ach so. Ich versteh schon. Also dann – gute Nacht.
(wendet sich zum Gehen)

NINIVE
Gut – ich werde Ihnen die Wahrheit sagen. Ich wollte sie Ihnen ersparen, aber wie Sie wollen. Ja, ich habe gelogen, aber nur um ihretwillen. Gehn Sie nur, es interessiert Sie ja nicht!

SEBASTIAN
Doch. Es interessiert mich.

NINIVE
Ich weiß schon, jetzt wirst du mir nichts mehr glauben.

SEBASTIAN

Um meinetwillen – wieso?

NINIVE

Damit du niemand traust, mir nicht und keinem anderen hier und am wenigsten meinem Vater. Jeder wird versuchen, dich reinzulegen. Als Tochter von Johannes Philadelphia hab ich dich bitten dürfen, mich zu beschützen. Es war schön für mich, einen Augenblick jemand anderer zu sein. Die Tochter von Egon S. Geryon darf niemand beschützen. Dort, wo ich bin, Sebastian, muß ich lügen, um atmen zu können. Aber das verstehst du nicht. Darum geh fort, laß mich allein, kümmere dich nicht mehr um mich! Ich werde dich immer weiter anlügen. Du darfst mir nie, nie trauen. Nicht einmal jetzt in diesem Augenblick.

SEBASTIAN

Jedenfalls versteh ich jetzt, daß sich jemand um dich kümmern muß. Ich zum Beispiel.

NINIVE

Ja, ausgerechnet du!

(den Tränen nahe)

Ich wollte, du wärst nie hierher gekommen.

SEBASTIAN

Ich muß dir was sagen... ich... also, wir zwei... ich mein, Sie und ich...

(er schlägt sich an den Kopf)

wie das nur kommt, daß ich nie reden kann, wenn ich was Wichtiges sagen muß!

NINIVE

Sagen Sie's nicht, ich glaub Ihnen doch nichts.

SEBASTIAN

Doch, das müssen Sie mir glauben...

NINIVE

Ich glaub nichts, ich glaub nichts!

SEBASTIAN

Es ist nämlich so...
(feierlich und stotternd)
ich... ich... ich liebe Sie.

NINIVE

(plötzlich flehend)
Bring mich weg von hier! Bitte! Jetzt sofort! Ich geh mit dir, wohin du willst!

SEBASTIAN

Das geht nicht. Wenn wir auf einmal weg sind, dann kann doch das Testament nicht eröffnet werden – ohne unsere Anteile.

NINIVE

Sehen Sie, Herr Sebastian Nothaft, jetzt haben Sie sich verraten. Ich glaube Ihnen kein Wort. Sie denken auch nur an Ihren Vorteil – genau wie alle.

SEBASTIAN

Aber es ist nicht bloß wegen mir! Die andern sind doch aufgeschmissen ohne uns.

NINIVE

Sie können lang reden! Ich weiß jetzt jedenfalls Bescheid.

SEBASTIAN

Ich würd's Ihnen ja gern beweisen...

NINIVE

Es gibt keinen Beweis.

SEBASTIAN

Ein Pfand oder so, daß ich es ehrlich mein und daß ich Ihnen trau. Ich hab nur leider nichts, was so wertvoll ist.

NINIVE

(spöttisch)
Geben Sie mir doch Ihren Anteil! Dann würde ich Ihnen glauben.

SEBASTIAN

(zieht ihn sofort hervor)

Da! Nehmen Sie ihn!

NINIVE

(steht eine Weile sprachlos, dann stammelt sie überwältigt)

Du tust es wirklich...? Du gibst ihn mir wirklich?

(sie nimmt ihn ehrfürchtig)

Das Haus beginnt in einem geheimnisvollen Farbenglanz zu erglühen. Nachtigallen konzertieren.

SEBASTIAN

Was ist denn auf einmal los?

NINIVE

(flüsternd)

Es antwortet uns.

SEBASTIAN

Wegen uns...? Das bedeutet ja... es hängt von uns ab, wie es hier ist!

NINIVE

(bös)

Ich will aber nicht, daß etwas von mir abhängt. Ich will allein sein. Was wir tun, ist unsere Sache. Es geht niemand was an.

(plötzlich verzagt)

Ich kann nicht atmen mit solch einer Last...

Der Glanz des Hauses vergeht von jetzt an ganz langsam wieder. Hinter der Szene hört man Elsbeths Stimme, ängstlich: »Ninive!«

NINIVE

Jetzt mußt du gehen, Sebastian. Schnell!

SEBASTIAN

Ich laß dich nicht allein.

NINIVE

Du hast versprochen, mir zu gehorchen. Geh!

SEBASTIAN

Also, dann...

(er macht eine Bewegung, als wollte er sie küssen, doch Ninive weicht zurück)

Bis morgen.

Sebastian geht zögernd, so daß Elsbeth ihn noch sieht.

FÜNFTE SZENE

Ninive, Elsbeth.

ELSBETH

(im rosa Negligé)

Ninive! Um Himmels willen, Kind, was tust du hier?

NINIVE

Ich gehe spazieren.

ELSBETH

Es ist mitten in der Nacht.

NINIVE

Ich hatte keine Lust zu schlafen!

ELSBETH

Du drückst dich hier mit diesem jungen Kerl herum, ich hab's doch gesehen! Und in meinem Sommerpelz! Zieh ihn sofort aus!

NINIVE

Nein.

(sie hält ihn zu)

ELSBETH

Was versteckst du da hinter dem Rücken?

NINIVE

Nichts.

ELSBETH

Gib es her! Ich will wissen, was es ist!
(sie nimmt ihr das Kuvert weg, tritt damit ans Licht)
»Herr Sebastian Nothaft«! Das ist ja sein Anteil! Ninive, wofür hast du das bekommen?

NINIVE

Laß mich in Ruhe! Bitte, laß mich in Ruhe!

ELSBETH

Zieh sofort den Pelz aus!

NINIVE

Ich kann nicht.

ELSBETH

Ich habe gesagt, du sollst den Pelz ausziehen!
(sie will ihn Ninive herunterreißen)
Mein Gott – du bist ja nackt!
(tonlos)
Jetzt verstehe ich alles. Du kleine Hure!
(sinkt auf einen Stuhl)
Das hättest du uns nicht antun dürfen, deinem Vater und mir. Wir haben uns augeopfert für dich, haben dir jeden Wunsch erfüllt – und du?

NINIVE

(senkt den Kopf)

ELSBETH

Ich warte auf eine Erklärung.

NINIVE

Wenn ich dir sage, daß alles falsch ist, was du denkst…

ELSBETH

Erwartest du, daß ich dir davon ein Wort glaube?

NINIVE

Nein.

ELSBETH
Dann sage gefälligst die Wahrheit.

NINIVE
Du hast recht, Elsbeth. Es ist so, wie du denkst.

ELSBETH
Oh mein Gott – wie soll ich es nur deinem Vater sagen.

NINIVE
Dann sag ihm auch gleich, er soll nicht länger nach dem geheimnisvollen Reiter suchen. Es gibt ihn nicht und hat ihn nie gegeben.
(sie nimmt Elsbeth das Kuvert weg)

ELSBETH
Kind, Kind, wieviel Unheil hast du angerichtet!

NINIVE
(schluchzt plötzlich auf und läuft fort)

SECHSTE SZENE

Elsbeth, Egon, Anton Buldt.

EGON
(kommt im Gespräch mit Anton herein)
Wenn ich geahnt hätte, mein lieber Buldt, daß Sie noch wach sind...

ANTON
Ich schlafe niemals – seit mehr als zwanzig Jahren.

EGON
Wie schrecklich!

ANTON
Nein, mein Herr, durchaus nicht. Da ich beständig in beiden Ländern, diesseits und jenseits der Träume, gleichzeitig lebe, bedarf ich nicht des Wechsels.

ELSBETH
Egon!

EGON
Elsbeth, was machst du hier?

ELSBETH
Ninive hat wieder gelogen. Die Sache mit der Warnung war nur ihre Erfindung.

EGON
(erstarrt)
... und ich habe deshalb die ganze Verhandlung blokkiert!

ELSBETH
Ich muß dir noch mehr sagen, Egon.

EGON
Später, meine Liebe. Erst muß ich zu irgendeinem Entschluß kommen. Bitte Elsbeth, mach mich nicht nervös. Ich brauche meinen klaren Kopf. Geh schon!

ELSBETH
Ja, Egon. Komm bald!
(ab)

EGON
(rennt auf und ab)
Umdisposition, und zwar schleunigst! Wie läßt sich aus der Sache noch das Beste machen? Aufkaufen! Ich werde alle Anteile aufkaufen. Zu einem angemessenen Preis natürlich. Ein vollkommen reelles Geschäft. Verkaufen müssen sie. Ich kann jede andere Lösung vereiteln. Andererseits ... ich brauche Sicherheiten. Hören Sie, mein lieber Buldt, hat der Verstorbene über sein Eigentum Aufzeichnungen hinterlassen?

ANTON
Es gibt da Bücher besonderer Art, mein Herr, auf dem Dachboden ... Eine Art Inventar in zahllosen Bänden.

EGON

Bringen Sie sie mir!

ANTON

Alle?

EGON

Alle.

Anton geht ab. Das Haus keucht stark.

SIEBENTE SZENE

Egon S. Geryon, Jakob Nebel.
Man sieht im Hintergrund den Kegel einer Taschenlampe umherleuchten. Egon tritt in eine Nische zurück und verhält sich still. Jakob schleicht herein und untersucht im folgenden Schubladen und Kästen.

JAKOB

Zweifelsohne... es ist eine sittliche Tätigkeit, dem Recht zum Siege zu verhelfen. Auch wenn es das eigene Recht ist. Ich würde viel lieber alle fünf Finger grade sein lassen – aber gegen meine Sittlichkeit bin ich machtlos.
(betrachtet eine Schatulle, zieht Dietriche aus der Tasche und beginnt vorsichtig zu probieren)
Glaubst du vielleicht, mein armer Jakob, daß die Herrschaften hier bedenklich sein werden, dich zu bescheißen? Ich glaube es nicht. Meinst du vielleicht gar, Jakob, daß du, ein einfacher Krimineller dich mit einem leibhaftigen Versicherungsdirektor messen kannst? Die Beischeidenheit verbietet es mir! Aber siehst du, Jakob, auch du bist ein Erbe, und wenn dir die anderen dein bekümmertes Glück nicht gönnen, so ist es deine Pflicht, dir selber was zu vererben.
(er öffnet die Schatulle)
Schau, schau, die Früchte vom Baume der Erkenntnis aus gestempeltem Gold!
(er hebt eine Traube goldener Uhren heraus)

Das darf sich aber nicht herumsprechen, sonst wimmelt es gleich wieder von schwerterfuchtelnden Erzengeln! Am besten, lieber Jakob, du begibst dich stante pede aus dem Staub. So sage ich denn Lebewohl.
(er geht)
Halt, Jakob!
(bleibt stehen)
Setz dich nieder!
(setzt sich)
Denke nach!
(er denkt)
Tick tick tick tick! Da haben wir's: Dieser Plan ist die reine Kopflosigkeit! Denn wenn es hier noch mehr solches nahrhaftes Obst geben sollte, so wäre es ein Jammer, dasselbe ungepflückt verkümmern zu lassen. Ich werde mich lieber noch ein wenig bemühen, und wenn ich von diesem gastlichen Haus scheide, dann will ich am ganzen Leibe ticken.
(ab)

ACHTE SZENE

Egon S. Geryon, Anton Buldt.

ANTON
(schwankt unter einem riesigen Turm von großen Folianten herein und setzt sie keuchend ab)
Dies, mein Herr, ist nur ein kleiner Teil...

EGON
Wieviele Ausgänge hat dieses Haus?

ANTON
(erschöpft)
Wieviele Ausgänge? Ich werde sofort gehen und sie zählen, wenn Sie befehlen, mein Herr!

EGON
Haben Sie die Schlüssel?

ANTON

Es ist nur einer für alle Tore. Er hängt in der Schlüsselkammer.

EGON

Wir müssen sofort alle Ausgänge verschließen!

ANTON

(sinkt auf die Knie, mit gefalteten Händen)

Bestehen Sie darauf nicht, mein Herr! Diese Türen sind noch niemals abgeschlossen worden, so lange das Haus steht!

EGON

Begreifen Sie doch: Wenn einer der Erben mit seinem Testamentsanteil auf und davon geht, ist Schluß der Vorstellung! Ich habe triftige Gründe für diese Befürchtung.

(brüllt)

Tun Sie, was man Ihnen sagt!

ANTON

(erhebt sich)

Wie Sie befehlen, mein Herr.

(nimmt den Leuchter)

Ich darf vorausgehen.

Beide ab. Die Bühne bleibt einen Moment leer. Klirrend zerspringt ein Spiegel.

NEUNTE SZENE

Anna Fenris, Paula Olm.

Zunächst ist es jetzt wieder ganz dunkel auf der Bühne, nur noch ziehende Mondlichtflecken leuchten auf und verdunkeln wieder. Man hört das Keuchen des Hauses einen Augenblick bedrohlich laut, dann tritt es wieder zurück.

ANNA

(im Nachthemd, wandelt als weiße Gestalt durch die Dunkelheit und murmelt vor sich hin)

Irgendwas stimmt da nicht. Nichts dahinter. Jemand will mich zum Narren halten.

PAULA

(einen Mantel über dem Nachthemd)

Frau Fenris, sind Sie's?

ANNA

Wer ist da?

PAULA

Ich bin's nur, die Paula.

ANNA

Warum spionieren Sie mir nach?

PAULA

Ich hab gesehen, wie Sie an meinem Zimmer vorbei sind, und hab gemeint, Sie müssen vielleicht auf den Abort.

ANNA

Lassen Sie nur, Fräulein Paula, ich find mich schon allein zurecht.

PAULA

Warten Sie, ich mach Licht.

(entzündet Kerzen)

ANNA

Ich brauch kein Licht. Kalt ist es da.

PAULA

Mir ist eher warm. Wollen Sie meinen Mantel?

ANNA

Wissen Sie, Fräulein Paula, ich mach mir Sorgen, ich mach mir starke Sorgen. Das sind keine guten Menschen hier.

PAULA

Nehmen Sie doch meinen Mantel, Sie erkälten sich ja.

ANNA

Nein, Fräulein Paula, ich werd Ihre Freundlichkeit nicht ausnützen. Ich nicht. Niemals.

PAULA

Ich glaub's Ihnen schon.

ANNA

Ja, Sie können freilich nicht verstehen, was ich mein, weil Sie ein argloses Geschöpf sind, ein Unschuldsengel. Ich bin blind, aber ich schau jedem in sein Herz hinein. Wenn man auf die Freundlichkeit seiner Mitmenschen angewiesen ist, dann kennt man sich aus. Alles haben sie mir genommen, was mir gehört hat, meine liebe Verwandtschaft, erst den Grund, dann das Vieh, dann den Hof, alles, gestohlen haben sie's mir, unterm Hintern weg, weil ich eine hilflose Person bin. Die Leut hier, die sind ganz die gleichen und sind noch nicht einmal verwandt. Mit denen werden Sie nicht fertig, Sie nicht, Fräulein Paula! Eh Sie da noch richtig hingeschaut haben, sind Sie schon alles los, was ihnen zusteht.

PAULA

Ich laß mir's aber nicht nehmen, was mir gehört! Ich will auch aus dem Dreck heraus, aber ehrlich! Darauf hab ich ein Recht wie jeder andere, oder?

ANNA

Das haben Sie, Fräulein Paula, aber danach fragt keiner. Sie werden noch froh sein am Schluß, wenn Sie den feinen Herrschaften die Stiefel putzen dürfen, das sag ich Ihnen.

PAULA

Sie machen mir direkt Angst, Frau Fenris.

ANNA

Das will ich nicht, mein Kind. Ich hätt lieber nichts sagen sollen...

PAULA

Bittschön, Frau Fenris, könnten Sie mir nicht vielleicht helfen?

ANNA

Ja, wie soll ich dir da helfen, Kind? Ich kann dir ja nicht deinen Zettel wegnehmen, daß du nichts Ungeschicktes damit anstellst in deiner Einfalt.

PAULA

Warum denn nicht? Nehmen Sie ihn doch und schaun Sie zu, daß ich alles bekomm, was mir zusteht. Bitte, liebe Frau, lassen Sie mich nicht im Stich!

ANNA

Aber eines bitt ich mir aus: daß du mit niemand ein Sterbenswörtchen darüber redest. Sonst sind wir gleich geschiedene Leute.

PAULA

Ich tu alles, was Sie sagen, ehrlich!

ANNA

Also, dann meinetwegen, gib her! Ich tu's mit schwerem Herzen, aber weil du ein gutes Kind bist und mich so bittest, nur darum.
(nimmt den Zettel)

PAULA

Danke, Frau Fenris.

ANNA

Ich frier immer noch. Vielleicht gibst du mir doch deinen Mantel.

PAULA

(gibt ihn her)

Man hört von fern mit mehrfachem Echo das Zufallen einer großen Tür.

ANNA

Was war das?

PAULA
Vielleicht, daß der Zugwind eine Tür zugeschlagen hat.

ZEHNTE SZENE

Anna Fenris, Paula Olm, dazu Klara Dunkelstern.

KLARA
(eilt herein, in enthusiastischer Erregung)
Endlich! Da sind Sie ja, Frau Fenris. Ich habe Dinge von äußerster Wichtigkeit mit Ihnen zu besprechen. Es handelt sich um das Wohl und Wehe aller!

ANNA
Ja freilich, da hätte eins viel zu tun.

PAULA
Sowas interessiert uns nicht, Fräulein.

KLARA
Es betrifft auch Sie!

ANNA
Worum handelt sich's, Fräulein Dinkelstern?

KLARA
Dunkelstern, bitte. Um also ohne Umschweife zur Sache zu kommen: Ich habe die einzig mögliche Idee zur Lösung unserer Frage gefunden.

ANNA
Eine Idee, so? Was ist das für eine Idee?

KLARA
Die Gerechtigkeit, wenn Sie so wollen.

ANNA
Eine schöne Idee.

Wieder das Türenschlagen aus anderer Richtung.

KLARA

(mit leuchtenden Augen)

Ich betrachte unsere Situation als einen Präzedenzfall. Es geht mir um mehr als nur persönliche Interessen! Warum ist die Eröffnung des Testaments verzögert worden? Ganz einfach: Jeder befürchtet natürlich, benachteiligt zu werden. Jeder hat Sorge, daß sein Anteil am Erbe kleiner sein wird als die Anteile der anderen. Jeder weiß auch, daß nach der Eröffnung daran nichts mehr zu ändern sein wird. Wo aber von jedem der gleiche Einsatz gefordert wird, hat auch jeder die gleichen Ansprüche. Also muß das gesamte Erbe, ganz gleich worin es bestehen wird, schon vor der Eröffnung in zehn gleiche Teile geteilt werden. Zu diesem Zweck wird eine Vertrauensperson von uns ernannt, der alle Zettel übergeben werden müssen. Jeder, der sich uns anschließt, gibt damit seine persönlichen Ansprüche zunächst auf, erhält aber dafür die Gewißheit, seinen gerechten Anteil am Erbe zu bekommen; natürlich erst, wenn alle mitmachen. Aber sie werden mitmachen, denn der Vernunft kann sich auf die Dauer niemand widersetzen!

Türgeräusch, diesmal weit entfernt.

ANNA

Sind Sie jetzt fertig? Sie möchten also gern unsere Zettel? Da können Sie lang warten, Fräulein Dinkelstern.

KLARA

Dunkelstern! Sie haben mich offenbar mißverstanden. Meine Aufgabe sehe ich darin, die Leute zu überzeugen. Sie erfordert sehr viel Menschenkenntnis und Geduld, aber beides habe ich als Lehrerin durch lange und oftmals bittere Erfahrung erworben. Was die Vertrauensperson betrifft, so ist nach sorgfältigen Überlegungen meine Wahl auf Sie gefallen, Frau Fenris. Sie als einzige sind über jeden Zweifel erhaben.

ANNA

Da haben Sie recht. Das bin ich.

KLARA

Der Grund für Ihre Vertrauenswürdigkeit ist rein sachlicher Art. Sie sind zwar imstande, die Anteile in Verwahrung zu nehmen, nicht aber, sie ohne fremde Hilfe zusammenzusetzen und zu lesen! Sie können also das in Sie gesetzte Vertrauen gar nicht mißbrauchen!

Türgeräusch aus anderer Richtung.

ANNA

Es ist, scheint's, recht windig in diesem Haus.

KLARA

Sie brauchen nur noch unsere Grundsatzerklärung zu unterzeichnen, dann bin ich meinerseits bereit, Ihnen sofort meinen Anteil zu treuen Händen zu überreichen.

ANNA

Paula – ist das der Zettel vom Fräulein? Schau nach!

PAULA

Ja, Frau Fenris.

KLARA

Ich lese Ihnen den Wortlaut der Erklärung vor...

ANNA

Ich verlaß mich auf Ihre Ehrlichkeit. Paragraphen versteh ich ja doch nicht. Ich unterschreib.
(tut es)
So, jetzt geben Sie her.

KLARA

Hier. Und Sie, Fräulein Paula, schließen Sie sich uns an?

ANNA

Freilich tut sie das. Da, unterschreib!
(während Paula es tut)
Jetzt brauchst du keine Angst mehr zu haben, Kind, jetzt bekommst du das gleiche wie alle andern. Freust du dich?

PAULA

(enttäuscht)
Schon.

KLARA

Und Ihren Anteil, Fräulein Paula?

ANNA

Den hab ich schon. Das Mädchen ist ja so gutherzig, wissen Sie, das fällt auf jeden herein. Deswegen geb ich acht auf sie, daß sie auch bekommt, was ihr zusteht.

ELFTE SZENE

Die Vorigen. Anton Buldt tritt auf, Entsetzen im Blick, das Haar zu Berge gerichtet.

ANTON

Darf ich abservieren?

Er beginnt das Geschirr vom Tisch zu räumen. Wieder hört man das Türgeräusch mit mehreren Echos. Anton fährt zusammen und wirft das Porzellan durcheinander.

PAULA

Passen Sie doch auf! Das gute Geschirr!

ANNA

Was ist eigentlich mit den Türen in diesem Haus? Das ist ein Lärm! Da kann doch kein Mensch schlafen.

ANTON

Herr Direktor Geryon verschließt alle Tore, die ins Freie führen.

KLARA

Sehr vernünftig. In einer so abgelegenen Gegend kann sich allerhand Gesindel herumtreiben.

ANTON

Nicht, daß niemand herein kann, meine Dame, sondern daß niemand hinaus kann. Dieser kleine Unterschied wird den Palast erzürnen! Die Folgen werden schrecklich sein!

KLARA

(erkennt nach kurzem Nachdenken die taktische Chance)

Sagen Sie das den Erben, versetzen Sie sie in Furcht und Schrecken! Ich werde Sie darin unterstützen.

ANNA

(beunruhigt)

Ja, wie jetzt?

KLARA

Für unsere Sache sind Furcht und Schrecken jedenfalls von Nutzen. Wachsende Angst wird auch die Verstocktesten zur Einsicht bringen. Es ist nur eine Frage des Durchhaltens.

ANTON

Ach, meine Damen, ich beschwöre Sie! Entsetzliches hervorzurufen ist ein Verbrechen, doch ein größeres wäre noch, mit dem Entsetzlichen zu spekulieren!

KLARA

(schrill)

Ich verbitte mir das! In diesem Ton reden Sie nicht mit mir, verstanden? Meine Beweggründe sind vollkommen uneigennützig. Wenn die Leute ihr Glück nicht wollen, dann wird man sie eben dazu zwingen müssen.

ANNA

Und Sie, Herr Buldt, lassen Sie sich's gesagt sein: Wir sagen jetzt das Spiel an! Da heißt es auch für Sie: Farbe bekennen!

Die drei Damen gehen ab. Türgeräusch, sehr weit fort.

ZWÖLFTE SZENE

Anton Buldt allein.
In weiter Ferne hört man langgezogen und klagend Alexandras Ruf: »Lilie«

ANTON

Ich – Farbe bekennen? Ich, der Besitzer des Regenbogens? Blau. Gelb. Orange. Rot. Violett. Ich, das Prisma, soll Farbe bekennen? Ich bekenne alle Farben. Ich kenne keine Farbe. Alle Farben sind keine Farbe. Licht. Dunkel.

Er löscht die Kerzen aus. Nun belebt sich das ganze Haus auf traumhafte Weise, das Keuchen nimmt zu, schiebende, knackende Geräusche, als ob Mauern und Böden in Bewegung gerieten. Staub rieselt von der Decke. Man hört Hufschlag sich nähern und innehalten. In einem Durchblick auf einer der Galerien wird für einen Augenblick der Kopf eines weißen Pferdes in Panik sichtbar, die Augen aufgerissen, das Gebiß gebleckt. Zugleich fährt ein Beben durch den Palast. Anton steht unbeweglich in der Dunkelheit.

ANTON

Ich bin farbenblind.

VORHANG

Dritter Akt

Im Palast sind alle Farben verschwunden. Alles ist Grau in Grau. Sogar die Kostüme der Personen. Bleiernes Licht. Die Vögel sind schwarz geworden und sitzen reglos herum. Nur ab und zu hört man den melancholischen Lärm eines hoch vorüberziehenden Schwarms. Große Stapel von Folianten sind auf dem Boden aufgetürmt.

ERSTE SZENE

Egon S. Geryon, übernächtigt und unrasiert, sitzt zwischen den Büchern auf dem Boden und versucht verzweifelt Inventur zu machen.

EGON

(lesend)

... »ein vollständiges Eßbesteck für Verstorbene, zweiunddreißigteilig«... Immerhin, könnte schließlich Silber sein. Na, sagen wir mal: Hundertzwanzig. Weiter. »Die zwölf großen Geheimnisse der Welt, auf der Rückseite einer Postkarte«. Vielleicht Formeln? Müßte man von Fachleuten prüfen lassen. »Die sieben kleinen Geheimnisse der Welt in dreihundertundfünfundsechzig Bänden« ... Offenbar irgendeine Gesamtausgabe. Sowas kann allerhand bringen. Sagen wir ruhig mal 700,–. Oder lieber 500,–. »Ein Gedankenmagnet«. Ein Gedankenmagnet? Keine Ahnung. »Drei Tanzschuhe für den goldenen Dreifuß«. Zum Verrücktwerden; »Ein ohne den Willen Gottes vom Haupte gefallenes Haar« – blödsinnig...! »Das Innere eines Gesichtes«, »Eine Sternstundenuhr«, »Die Himmelsleiter der Bienen«, »Die Eierschalen des Heiligen Geistes«... ich halte das nicht mehr aus!

(er wirft das Buch weg, steht auf und rennt hin und her)

Aber ich muß, ich muß irgend etwas finden, woran ich mich halten kann! Wie soll ich sonst ein reelles Preisangebot machen?

(er nimmt ein anderes Buch)
»... Verum est, sine mendacie, certum et verissimum... Mein Haus ist keine Mordgrube, und wenn es auch zum finsteren Kerker würde, so fürchte dich nicht: es wird dich nicht einschließen. Denn so du mit reinen Händen an die nackten Mauern schlügest, sie müßten sich vor dir auftun.« Sie müßten sich vor dir auftun? Wen meint er denn? Ich nehme das besser an mich.
(er reißt die Seite aus dem Buch und steckt sie ein)
Vorläufig können wir auf keinen verzichten.

ZWEITE SZENE

Egon S. Geryon. Elsbeth, noch mit Lockenwickler.

ELSBETH
Egon – es geht irgend etwas Schreckliches vor. Vielleicht liegt es an meinen Augen. Ich sehe keine Farben mehr.

EGON
Ich auch nicht.

ELSBETH
Aber sie können doch nicht einfach verschwinden!

EGON
Offensichtlich doch.

ELSBETH
Also hat der alte Anton recht mit seinen Warnungen?

EGON
Scheint so.

ELSBETH
Ja, um Himmels willen, Egon, dann müssen wir doch irgend etwas tun!

EGON

Warum, glaubst du, wühle ich mich seit gestern nacht wie ein Verschütteter durch diese Haufen von Staub und Papier? Doch nur, weil ich die Sache in Ordnung bringen will, an deren Mißlingen ich, wenn auch schuldlos, beteiligt bin! Aber wie soll ich den Leuten eine reelle Summe bieten können für ihre Erbansprüche, wenn ich einfach keine vernünftige Basis finde?

ELSBETH

Hast du schon mit jemand verhandelt?

EGON

Diese drei Weiber haben einen vollkommen aberwitzigen Plan ausgekocht, den sie sich nicht ausreden lassen wollen! Und der Zuchthäusler hat sich Bedenkzeit ausgebeten. Wahrscheinlich will er den Preis in die Höhe treiben.

ELSBETH

Du wirst doch nicht etwa unser Vermögen angreifen?

EGON

Ich stelle Wechsel auf das zukünftige Erbe aus. Es ist mir ja sicher. Ich werde so lange auf meinem Vorschlag bestehen, bis er angenommen wird.

ELSBETH

Aber das Haus – was wird aus dem Haus werden?

EGON

Ich stehe diesen Veränderungen mit Gelassenheit gegenüber, Elsbeth. Je bedrohlicher die Lage wird, desto eher werden die Leute bereit sein, ihre Anteile abzustoßen. Sie werden schießlich nachgeben.
(Echo: ... nachgeben ... nachgeben!)

ELSBETH

Hast du dieses Echo schon früher bemerkt?

EGON

Nein.
(er ruft)
Hallo!
(kein Echo)
Merkwürdig.

ELSBETH

Egon – hast du mit Nini schon gesprochen?

EGON

Ja. Ich hab ihr den Kopf zurechtgesetzt und habe ihr verboten, sich mit dem Bürschchen zu treffen.

ELSBETH

Und was hat sie gesagt?

EGON

Sie hat sich schrecklich angestellt, geheult und geschrien, als ob es ihr ans Leben ginge. Ich habe ihr gedroht, sie für die Zeit, die wir noch hier sind, auf ihrem Zimmer einzuschließen.

ELSBETH

Und wirst du mit dem Jungen sprechen?

EGON

Elsbeth, du hast natürlich wieder einmal maßlos übertrieben in deiner Angst. Es ist überhaupt nichts vorgefallen.

ELSBETH

Sie macht mit dir, was sie will. Sicher hast du ihr zuletzt doch wieder erlaubt, ihren Kavalier zu sehen.

EGON

Sie hat mir dafür ihren und seinen Anteil gegeben. Das ist doch rührend, findest du nicht? Ein völliges Kind.

ELSBETH

Du hast das doch nicht angenommen, Egon!

EGON

Ich sehe nicht ein, warum ich meine Tochter unglücklich machen soll. Ich muß mich jetzt rasieren.
(ab)

DRITTE SZENE

Elsbeth allein.
Geschrei von einem riesigen Krähenschwarm zieht vorüber.

ELSBETH

(blickt sich um)
Was ist das nur? Was geht in diesem Haus vor? Es will uns etwas zeigen. Es spiegelt uns wider. Ist das wirklich – unser Gesicht, – unser eigenes häßliches Gesicht?...
(Echo: ... Gesicht... Gesicht... Gesicht...)
Was können wir nur dagegen tun? Aufrichtig zueinander sein, ja, ganz aufrichtig, jeder zu jedem.

VIERTE SZENE

Elsbeth Geryon, Sebastian Nothaft.

SEBASTIAN

(kommt zögernd näher)

ELSBETH

Ich möchte mit ihnen sprechen.

SEBASTIAN

Wo ist Ninive?

ELSBETH

Sehen Sie, was hier vorgeht?

SEBASTIAN

Ja. ... ich – deswegen suche ich Ninive...

ELSBETH

Sie haben Ninive Ihren Anteil gegeben, nicht wahr? Wofür?

SEBASTIAN

Es ist ... ein Pfand.

ELSBETH

Ein Pfand? Wofür?

SEBASTIAN

Damit sie mir glaubt, ... daß ich ihr trau.

ELSBETH

Ist das wirklich alles?

SEBASTIAN

Ja.

ELSBETH

Mein armer Junge! Wissen Sie, daß Ninive lügt? Wissen Sie, daß sie kalt ist und nichts auf der Welt liebt als sich selbst? Sie müssen es einsehen: Ninive hat ein dummes, grausames Spiel mit Ihnen getrieben, wie sie es immer tut.

SEBASTIAN

Das ist gelogen!

ELSBETH

Wissen Sie, was sie mit Ihrem Pfand gemacht hat?

SEBASTIAN

Was ... gemacht?

ELSBETH

Sie hat es ihrem Vater gegeben!

SEBASTIAN

(starrt sie fassungslos an)

Das glaub ich nicht...

ELSBETH

Da kommt sie. Wollen Sie mit ihr selbst sprechen?

SEBASTIAN

(blickt verwirrt umher)

Ich… ich kann ja nicht reden! Nicht jetzt!

ELSBETH

Vielleicht ist es dann besser, Sie beruhigen sich erst etwas!

Sie schiebt ihn hinaus. Hinter einer Portiere, nur für den Zuschauer sichtbar, bleibt Sebastian wie betäubt stehen.

FÜNFTE SZENE

Elsbeth. Sebastian hinter der Portiere. Ninive kommt.

ELSBETH

Nun, Ninive? Sagst du mir nicht mal Guten Morgen?

NINIVE

Nein.

ELSBETH

Ich hab dir Unrecht getan, aber das mußt du dir selbst zuschreiben. Du hast mich wieder einmal schamlos angelogen.

NINIVE

Gelogen wie immer. Ich bin eben so. Ich habe kein Herz, ich habe kein Gewissen, ich habe keine Scham. Ich bin, so leid es dir tut, euer Kind.

ELSBETH

(weint)

Aber warum nur? Was haben wir denn so falsch gemacht? Wir haben uns immer Mühe gegeben, dich zu einem braven Menschenkind zu erziehen. Und wir waren dir niemals ein schlechtes Vorbild.

NINIVE

Weißt du was, Mama? Es macht mir Spaß.

ELSBETH

Du sollst dich zu Tode schämen, einen bedauernswerten Menschen, der nicht ganz richtig im Kopf ist, seinen Anteil abzuschwindeln.

NINIVE

(mit verzweifeltem Hohn)

Warum denn nicht? Er war sogar noch glücklich darüber! Hätt er's doch nur bleiben lassen! Jetzt hat mich mein lieber Papa für denselben Preis an ihn verkuppelt, und ich hab mitgemacht. Jetzt ist alles schmutzig und widerlich. Wir sind eine fabelhafte Familie, findest du nicht?

(man hört ein kurzes Aufschluchzen hinter der Portiere. Ninive geht langsam auf die Portiere zu und zieht sie beiseite. Sie steht vor Sebastian, der sie anstarrt, dann wie gejagt fortrennt. Sie wendet sich zu ihrer Mutter)

Er hat zugehört... er hat gelauscht. Und du hast es gewußt.

ELSBETH

Nein, Kind, nein, ich hatte keine Ahnung!

NINIVE

»Nein, Kind, nein.« Du lügst ja, du lügst! Nein, ihr lügt nie, ihr könnt gar nicht lügen, denn ihr seid selbst eine Lüge! Ah, ich hasse eure Kleider, die ihr mir anzieht; euer Essen, das mich vergiftet; eure Luft, an der ich ersticke; eure ganze stumpfsinnige Welt, in der alles käuflich ist, alles versichert, alles zum Speien ist. Ich hasse mich selbst, weil ich von eurem Fleisch bin! Rühr mich nicht an! Ich wollte, ich wäre euch für immer los und mich auch!

(sie läuft hinaus. Echo: ... ich hasse ... ich hasse...)

SECHSTE SZENE

Elsbeth, Egon. Später Anton Buldt.

ELSBETH
(sinkt weinend auf einen Stuhl)
Mein Kind, mein Kind!

EGON
(kommt rasiert und korrekt gekleidet)
Habt ihr schon wieder Streit gehabt?

ELSBETH
Oh Egon, es war schrecklich. So habe ich sie noch nie gesehen. Wer weiß, wohin sie jetzt rennt!

EGON
Sie kann nicht weit kommen. Ich habe alle Ausgänge verschlossen. Also beruhige dich.

ELSBETH
Hast du die Schlüssel an dich genommen?

EGON
Es ist nur einer. Ich habe ihn in dieser Truhe verwahrt.
(er öffnet sie)
Um Himmels willen! Was ist denn das schon wieder?

ELSBETH
Ist er fort?

EGON
Nein, im Gegenteil – das heißt... ich versteh das nicht! Diese Truhe war leer und jetzt – bis obenhin voller Schlüssel.
(er schreit)
Anton! Herr Anton Buldt!

ANTON
(tritt auf)
Der Herr haben gerufen?

EGON
Haben Sie alle diese Schlüssel da hineingetan?

ANTON
(blickt in die Truhe, erstarrt)
Es beginnt.

EGON
Was?

ANTON
Die große Multiplikation.
(Echo: ... Multiplikation ... kation ... kation ...)

EGON
Sie tun ja als wäre das eine Seuche.

ANTON
Das ist es auch, mein Herr. Es ist die Art, wie dieser Palast alle Dinge entwertet, mit denen gegen ihn gesündigt wurde.

EGON
(er schlägt den Deckel zu)
Räumen Sie die Bücher weg!

SIEBENTE SZENE

Elsbeth, Egon, Anton. Dr. Arminius tritt auf.

ELSBETH
Ah, Herr Doktor! Haben Sie sich am Ende entschlossen, sich doch ein wenig um uns zu kümmern?

ARMINIUS
Das liegt mir fern, Frau Direktor. Herr General Schweler bittet die Erben, in einer halben Stunde zur Besprechung hier zu erscheinen. Sollte mich freuen, wenn er Erfolg hätte. Ein baldiger Abschluß der Sache scheint dringend notwendig zu sein.
(er blickt beunruhigt umher)
Ja, in der Tat – sehr dringend.

EGON
Welcher Art ist denn der Vorschlag des Generals?

ARMINIUS

Entschuldigen Sie mich, ich muß noch die anderen Herrschaften informieren. Haben Sie übrigens die Baronin gesehen? Ich suche sie.

EGON

Nein.

ARMINIUS

(ab)

ACHTE SZENE

Egon, Elsbeth, Anton.
Man hört wieder Geschrei von Krähenschwärmen vorüberziehen.

EGON

Ich kann diese Militärs nicht leiden. Immer mischen sie sich in Dinge, von denen sie nichts verstehen. Na, er wird sich wundern, was ich ihm erzählen werde. Aber bis dahin brauche ich unbedingt noch einige Anteile.

ELSBETH

Ich muß mich dringend ein bißchen zurechtmachen, glaube ich.
(geht ab)

EGON

Könnte nichts schaden, meine Liebe. Und Sie, Anton, schaffen Sie endlich diese nutzlosen Scharteken weg!

ANTON

(nimmt indigniert ein einzelnes Buch und trägt es langsam hinaus.)

NEUNTE SZENE

Egon. Jakob Nebel tritt auf.

EGON

Ah, mein lieber Nebel, sind Sie inzwischen zu einem Entschluß gekommen?

JAKOB

Herr Direktor, mein Entschluß ist gefallen. Ich bin unverkäuflich. Ich bedaure es selbst aufrichtig.

EGON

Mein lieber Nebel, dann muß ich Ihnen leider mitteilen, daß ich heute nacht zufällig einen Mann beobachten konnte, der erstaunliche Ähnlichkeit mit Ihnen hatte. Wissen Sie, womit er beschäftigt war?

JAKOB

(verlegen)

Ach, plaudern wir doch lieber vom Geschäft.

EGON

Eintausend Mark – für den Anteil und alle Rechte. Ich halte mein Angebot aufrecht.

JAKOB

Bedenken Sie, hochverehrter Herr, ich bin nur ein einfacher Mensch, der anders als Sie, von dem leben muß, was er verdient.

EGON

Also gut. Eintausendzweihundert.

(ironisch)

Entspricht dies Ihren üblichen »Verdiensten«?

JAKOB

Wenn ich der Einfachheit halber um das Doppelte gebeten haben dürfte!

EGON

Ich habe noch andere dringende Geschäfte.

JAKOB

Sie stoßen mich zurück, Herr Direktor? Da begehen Sie einen falschen Irrtum! Ich stehe nämlich nicht an, daß speziell mein Anteil für Sie von einem wahrhaft unübersichtlichen Wert sein dürfte.

EGON

Ich wüßte nicht weshalb.

JAKOB

Weshalb, das würde Ihnen auf den ersten Blick erkenntlich sein, wenn Sie diesen ersten Blick geworfen hätten. Ich bedaure aufrichtig, die Ehre zu haben. *(will ab)*

EGON

Zweitausend!

JAKOB

(kehrt sofort um)
In bar, wenn ich erbittlich sein dürfte.

EGON

Als Wechsel, fällig am Tage der Testamentseröffnung.

JAKOB

Also gut, ich überantworte mich wohl oder üblich Ihren treuen Händen.

Die Schriftstücke werden ausgetauscht.

EGON

(öffnet das Kuvert und starrt überwältigt auf den Zettel)
...»Universalerbe Egon S. Geryon« ... Nebel! Mein lieber Nebel! Das hat mir der Himmel im rechten Augenblick geschickt!

JAKOB

Nicht doch, Herr Direktor! Der Himmel war es nicht. Ich war es selbst.

EGON

Ich – Universalerbe! Das ändert alles!

JAKOB

So eine Freude!

EGON

Glauben Sie, daß der General Erfolg haben wird? Ich würde es sehr begrüßen! Man sollte diesen Mann nach besten Kräften unterstützen! Ich muß ihn unverzüglich sprechen!
(läuft hinaus)

ZEHNTE SZENE

Nebeljakob allein.

JAKOB

(zieht eine Hutzelbirne aus der Tasche und beginnt nachdenklich zu essen)
Oh, mein Geschick, daß du mich in aufdringlicher Weise auf meinem ganzen Lebenspfad begleitest und den Namen Freiheitsberaubung trägst, du hast mich auch hier ereilt! Alle Haustüren sind verschlossen. Allerdings war meine Arbeit sowieso umsonst, denn die goldenen Früchte des Paradieses haben ausgetickt und sich boshafterweise über Nacht in Dörrobst umgesetzt, in welcher Form sie mir momentan als dornenvolle Nahrung dienen. Wenn mir schon einmal ein Wunder vorkommt, dann natürlich in der Gestalt eines Defizits! Aber Nebeljakob gibt so leicht nicht auf! Ich trotze den natürlichen und übernatürlichen Schikanen, indem ich mich geschäftlich umstelle und mich wieder einmal auf die künstlerische Reproduktion werfe! Und schon nähert sich die nächste Kundschaft, herbeigelockt durch das eherne Gesetz von Angebot und Nachfrage.

ELFTE SZENE

Jakob Nebel. Klara Dunkelstern tritt auf.

KLARA

Herr Nebel! Ich komme, um Ihre Entscheidung zu erfahren.

JAKOB

Sehen Sie, liebes Fräulein, eigentlich hatte ich mich schon dazu durchgerungen, Ihnen nachzufolgen, als ein besonders vernehmliches Angebot meine bekümmerten Schritte hemmte. Herr Direktor Geryon in eigener Gestalt bot mir fünftausend Mark für meinen Anteil!

KLARA

Hören Sie gut zu, Herr Nebel, dieser Mann will Sie ganz einfach über den Löffel balbieren. Der zehnte Teil des gesamten Vermögens dürfte wohl etwas mehr ausmachen als lumpige fünftausend Mark. Leuchtet Ihnen das ein?

JAKOB

Das leuchtet mir ganz ungeheuer ein. Aber andererseits ... der Hut in der Hand ist mir lieber als die Taube auf dem Kopf.

KLARA

Sie glauben nicht an unsere Sache?

JAKOB

Ach, liebes Fräulein, ich würde Ihrer Fahne gerne nachflattern, wenn Sie mir vielleicht einen Vorschuß auf meinen zukünftigen Wohlstand verabfolgen möchten.

KLARA

Ich habe nichts, um Sie zu bestechen, außer meinen guten Gründen.

JAKOB

Geben Sie mir wenigstens diese Brosche da.

KLARA
Das ist ein Andenken von meiner Mutter!

JAKOB
Ich gebe sie Ihnen zurück, sobald ich den zehnten Teil vor mir sehe. Oder zweifeln Sie am Ende selbst an Ihrem Sieg?

KLARA
Nehmen Sie.
(sie gibt ihm die Brosche)

JAKOB
Sie sehen mich ergriffen.
(gibt ihr seinen Anteil)

KLARA
(schüttelt ihm die Hand)
Jetzt gehören Sie zu uns, lieber Nebel! Ich gratuliere!

JAKOB
Wollen Sie nicht wenigstens einen Blick hineinwerfen?

KLARA
Das ist ganz unnötig.
(sie zieht den Zettel aus dem Kuvert und liest)
»Universalerbin Klara Dunkelstern.«
(sie wankt und setzt sich auf einen Stuhl)
Ich? Universalerbin? Alle diese Kostbarkeiten, die Möbel, Teppiche, die Bilder und Spiegel und dieser ganze unübersehbare Reichtum – war für mich? Für mich allein? War? Er ist es noch!
(sie erhebt sich zitternd vor Erregung)
Ich brauche ja nur meine Hand auszustrecken und danach zu greifen!
(sie wandelt umher)
Ich, Klara Dunkelstern, Herrin dieses Palastes! Frei sein! Nie wieder in die Schule müssen! Alle Wünsche, alle Sehnsüchte, jede Laune sich erfüllen! Freunde haben, Feste geben, große, rauschende Feste voller Glanz und Musik.

(sie beginnt mit geschlossenen Augen ein paar Tanzschritte, bricht ab)
Nun hat es mich doch noch gefunden, das Glück – aber meine Tür muß verschlossen bleiben. Ich hätte nicht geglaubt, daß es so schwer ist, wenn man selbst... Nein! Vorbei!
(Echo: ... vorbei... vorbei)
(am Rande der Tränen)
Ich habe die Prüfung bestanden!

JAKOB
Jetzt glaub ich's bald wirklich, daß Sie es schaffen.

KLARA
Kommen Sie! Sie müssen unterschreiben.
(beide ab)

ZWÖLFTE SZENE

Schweler tritt auf. Er hat Alexandras Gewehr bei sich und vergewissert sich, daß er allein ist.

SCHWELER
Hallo! Niemand da? Gut so. Ich muß diesen Zauberstab hier irgendwo verstecken. Die Leute dürfen nicht vorher schon Lunte riechen, sonst laufen sie mir weg, ehe ich sie alle in der Falle habe.
(er sucht ein Versteck und findet es in dem Bücherberg. Sorgfältig schichtet er einige Folianten über das Gewehr.)
Tadellos, da sucht bestimmt niemand. Die Vorstellung kann beginnen! Halt, die Zirkusbaronin muß ich noch holen. Ich hoffe nur, daß sie über Nacht zahm geworden ist – in ihrer Dunkelzelle.
(ab)

DREIZEHNTE SZENE

Anna Fenris, Paula Olm.

ANNA
Was hängen Sie sich dauernd an mich, Paula. Das ist schon bald lästig.

PAULA
Ich wollt bloß fragen, ob Sie meine Armbanduhr noch brauchen. Sonst tät ich Sie bitten, daß Sie sie mir vielleicht wiedergeben. Sie nützt Ihnen doch überhaupt nichts.

ANNA
Willst du mich verdächtigen? Du, wenn du mir so kommst, dann werd ich andere Saiten aufziehn. Du meinst vielleicht, du kannst aufsässig werden, weil ich eine hilflose Person bin.

PAULA
Überhaupt nicht, Frau Fenris, ehrlich!

ANNA
So? Aber meine Schuhe hast du mir nicht geputzt, wie es ausgemacht war. Du meinst vielleicht, ich merk's nicht. Ich merk alles, ganz genau!

PAULA
Aber wegen der Uhr...

ANNA
Und meinen Kaffee hast du auch nicht gebracht. Ich mein nur, ein bißchen mehr guten Willen könntest du schon zeigen, Paula, wenn man sich so für dich einsetzt und für deine Zukunft sorgt.

VIERZEHNTE SZENE

Anna, Paula. Anton Buldt tritt auf.

ANTON
Verzeihung, meine Damen. Ich habe den Auftrag, diese Bücher aufzuräumen...

ANNA
Herr Buldt, ich muß was von Ihnen wissen – und gleich, eh die Verhandlung anfängt.

ANTON
Ich hoffe, meine Dame, daß ich Ihnen zu antworten vermag.

ANNA
Ja, das hoffe ich auch. Weil davon allerhand abhängt. Also sagen Sie die Wahrheit. Und nicht wieder so ein Wischi-Waschi wie sonst, bitt ich mir aus!

ANTON
Sehr wohl, meine Dame.

ANNA
Wer war dieser Herr Philadelphia? Sie haben ihn doch gut gekannt, oder?

ANTON
Ja, gewiß... allerdings – soweit ich mich erinnere – bin ich ihm persönlich – nie – begegnet...

ANNA
Ja, haben Sie ihn denn nicht bedienen müssen? Dabei haben Sie ihn doch gesehen?

ANTON
Nein, ich glaube nicht.

ANNA
Was heißt das, Sie glauben nicht? Ja oder nein?

ANTON

Beides, meine Dame. Ich erinnere mich deutlich an seine Gegenwart, aber nicht an seine Gestalt oder an sein Gesicht...

ANNA

Sie! Treiben Sie keinen Schabernack mit mir! Das steht Ihnen nicht zu! Als Lakai!

ANTON

Mir ist wahrhaftig nicht nach Scherz zumute, meine Dame. Mein Gedächtnis rinnt aus...

ANNA

Wie wollen Sie denn gemerkt haben, daß er überhaupt da war?
(Echo: ... da war... da war... da war...)

ANTON

An einer bestimmten Anordnung der Stühle oder der Kandelaber, an einem eigentümlichen Duft, an einer halbgeöffneten Tür...

ANNA

(schreit)
Jetzt reicht's mir! Verschwinden Sie!

ANTON

(geht zu den Büchern)

ANNA

Paula! Ich möcht jetzt doch einen Kaffee! Wird's bald!
(Paula geht ab)

ANTON

(zieht das Gewehr hervor)

ANNA

Was webern Sie denn da noch herum, Herr Buldt?

ANTON

Ich habe etwas gefunden, das die Frau Baronin vergessen haben muß. Ich werde es ihr bringen.
(ab)

FÜNFZEHNTE SZENE

Anna allein.

ANNA

Das hab ich mir gedacht. Von Anfang an. Nichts ist dahinter. Es gibt überhaupt keinen Erblasser. Das ganze Testament eine taube Nuß. Die andern merken scheint's nichts. Das kann mir nur recht sein. Ich weiß jetzt schon, was ich mach.

Sie setzt sich in den Hintergrund. Während der folgenden Szene stopft sie sich, von den anderen unbemerkt, die Zettel in den Mund, kaut und würgt sie hintunter.

SECHZEHNTE SZENE

Egon, Elsbeth, Klara, Jakob treten auf.

EGON

... selbstverständlich, ich bin bereit, unsere Anteile auf den Tisch zu legen!

KLARA

Und ich rate Ihnen nochmals nachdrücklich, sich uns anzuschließen!

EGON

Das ist mir unbegreiflich. Ich biete Ihnen achttausend Mark, Ihnen und Ihren beiden Freundinnen miteinander natürlich.

KLARA

Ich bin nicht bestechlich.

EGON

Sie sollen ja nicht einmal Ihre Rechte aufgeben! Alles soll so verteilt werden, wie es das Testament bestimmt.

KLARA

Sie werden noch sehr froh darüber sein, daß ich Ihrem Angebot nicht nachgekommen bin, Herr Direktor. Sie wissen nicht, was Sie tun!

EGON

Ich weiß sehr genau, was ich tue!

KLARA

Ja, offenbar glauben Sie irgend etwas zu wissen.

EGON

Woher sollte ich etwas wissen?

KLARA

Ja, das weiß ich.

EGON

Was wissen Sie?

KLARA

Daß Sie nichts wissen.

EGON

Woher wollen Sie das wissen?
(Echo: ... wissen ... wissen)

KLARA

Dieser Streit wird töricht. Jedenfalls bin ich sicher, daß Sie nichts wissen, sonst würden Sie meinem Vorschlag Folge leisten.

EGON

Und ich sage Ihnen genau dasselbe.

Beide starren sich mißtrauisch an.

JAKOB

(beunruhigt)
Vielleicht lassen wir die Mißverständnisse ein wenig ruhen. Die Aufklärung kommt immer zu früh, selten zu spät und niemals rechtzeitig, wie ich meistens zu sagen pflege.

SIEBZEHNTE SZENE

Paula, die Vorigen.

PAULA
Das Wasser kocht gleich.

ANNA
Jetzt brauch ich ihn nicht mehr, deinen Kaffee!

ACHTZEHNTE SZENE

Die Vorigen. Dazu Dr. Arminius, Ninive, Sebastian. Arminius führt Ninive an der Hand herein. Sebastian folgt in großem Abstand, bleibt an der Tür stehen.

ELSBETH
Ninive, Gott sei Dank! Wo warst du denn die ganze Zeit?

ARMINIUS
Sie saß im obersten Stockwerk auf dem Geländer der Marmortreppe. Der junge Mann hockte eine halbe Etage tiefer auf den Stufen und starrte zu ihr hinauf. Sie schien bereit, bei seiner Annäherung in die Tiefe zu springen.

ELSBETH
Oh Gott, mein Kindchen, komm! Komm zu mir! *(sie zieht Ninive, die willenlos folgt, neben sich auf einen Sessel und streichelt ihre Haare)*

ARMINIUS
Ist der General noch nicht da?

NEUNZEHNTE SZENE

Die Vorigen. Alexandra kommt eilig heraus, völlig außer Atem. Sie ist noch im Kostüm des vorigen Aktes, das aber jetzt ebenfalls grau, obendrein zerrissen ist. Sie schließt sofort die Tür hinter sich.

ARMINIUS
Ah, Frau Baronin. Man hat Sie überall gesucht. Wissen Sie zufällig, wo der Herr General steckt?

ALEXANDRA
(nickt)
Zufällig.
(sie schließt die Tür ab)
Der Herr General wird einen Augenblick im Vorzimmer warten, bis ich zu Ende bin. Ich möchte nicht unterbrochen werden. Vor wenigen Minuten hat er mich aus einer Rumpelkammer befreit, in der ich die ganze Nacht eingesperrt war.

ELSBETH
Eingesperrt? Wie entsetzlich. Wer kann denn so etwas getan haben?

ALEXANDRA
Er selbst. Nur hat er nicht damit gerechnet, daß ich die bessere Läuferin bin.

EGON
Er hat Sie eingesperrt? Der General? Wie konnte er das wagen?

ALEXANDRA
Er wollte verhindern, daß ich Sie von seinem Plan unterrichte. Sonst wäre vermutlich kein einziger von Ihnen hier – wie ich Sie kenne, meine Herrschaften.

SCHWELER
(er hämmert von außen gegen die Tür und brüllt)
Machen Sie auf!

ALEXANDRA

Da ist er schon. Ich fasse mich also kurz: Er wird versuchen, Sie zu bluffen, indem er Sie mit vorgehaltenem Gewehr – meinem übriges – zwingen will, Ihre Anteile auf den Tisch zu legen.

(Schweler hämmert gegen die Tür)

Geduld, Herr General! Gleich werden Sie empfangen.

EGON

Das ist doch eine unglaubliche Unverschämtheit! Ich war ohnedies bereit dazu. Aber so nicht, nein, nicht so!

KLARA

Lassen Sie den Mann nur herein! Er wird sein blaues Wunder erleben!

ANNA

Dem lassen wir die Hosen schon herunter.

Alexandra öffnet, der General erscheint in der Tür. Er geht langsam und drohend auf die Erben zu.

SCHWELER

Ich nehme an, diese Dame hat Sie bereits von allem unterrichtet. Nur eines hat sie vielleicht vergessen: Daß ich Ernst mache. Also, fangen wir an. Jeder legt jetzt seinen Anteil auf den Tisch. Das ist ein Befehl.

EGON

Sie vergreifen sich doch wohl etwas im Ton, mein Herr. Finden Sie nicht?

KLARA

Auf unsere Mitwirkung bei Ihrem Plan, Herr General, werden Sie verzichten müssen.

SCHWELER

(schaut sie der Reihe nach an)

Also Befehlsverweigerung? Schön, dann ziehen wir die Konsequenzen!

(er wühlt den Bücherberg durch, findet das Gewehr nicht und schaut sich wütend um)
Verdammte Schweinerei! Wo ist denn das Gewehr?

Die anderen begreifen nach und nach und brechen, einer nach dem anderen, in lautes Gelächter aus. Der General steht keuchend mit geballten Fäusten in der Mitte.

ZWANZIGSTE SZENE

Die Vorigen. Anton kommt mit dem Gewehr.

ANTON
Ich konnte Sie nirgends finden, Madame. Sie haben etwas vergessen.

ALEXANDRA
Danke, Anton.
(ohne das Gewehr zu berühren)
Legen Sie es dorthin zurück, wo Sie es gefunden haben.

ANTON
Wie Madame befehlen.
(er legt das Gewehr zwischen die Bücher)

EGON
Um Gottes willen, sind Sie wahnsinnig?

ALEXANDRA
Nein. Aber ich bin kein Spielverderber.

SCHWELER
(reißt das Gewehr an sich, knirschend vor Wut)
Jetzt habt Ihr ausgespielt! Ihr werdet mich nicht zum Popanz machen! Wir bleiben hier zusammen, bis alle Anteile auf dem Tisch liegen. Wer vorher den Raum verläßt, wird erschossen. Ich gebe kein Pardon. Das ist mein tödlicher Ernst.

Pause. Alle Erben verharren geduckt und bleich, keiner wagt sich zu rühren.

ALEXANDRA

Nun, meine Herrschaften?

Da keiner antwortet, steht Alexandra auf und geht langsam an Schweler vorbei zur Tür.

SCHWELER

Wohin?

ALEXANDRA

Mein Pferd suchen, das wissen Sie doch.

SCHWELER

(brüllt)

Stehenbleiben – oder ich schieße!

Er entsichert das Gewehr, Alexandra geht weiter, Schweler legt an. Sebastian springt vor und reißt das Gewehr weg. Sie ringen einen Augenblick. Plötzlich ein Schuß, der ein schier nicht enden wollendes Echo im Schloß auslöst, das bis in die fernsten Räume nachhallt. Sebastian fällt zu Boden.

ALEXANDRA

(bei ihm)

Einen Arzt, Anton, schnell!

ANTON

(steht starr)

KLARA

Worauf warten Sie!

ANTON

Die Ausgänge, Madame... ich war soeben unten...

EGON

(an der Truhe)

Der Schlüssel! Welcher ist denn der richtige? So suchen Sie doch mit, Herr Buldt!

ANTON

Zu spät! Es gibt keine Türen nach draußen mehr meine Herrschaften. Sie sind zugewachsen. Von keiner ist mehr geblieben als eine böse Narbe in der Wand.

Pause. Alle stehen wie erstarrt.

ALEXANDRA

Nun, Herr Notar? Wie denken Sie jetzt über Ihre Schweigepflicht?

SEBASTIAN

(stöhnt)

Hilf mir doch!

ARMINIUS

(für sich)

Ja, ich werde helfen...

VORHANG

Vierter Akt

Nun sind auch die Fenster verschwunden oder nur noch als architektonische Attrappen, also »blinde Fenster« vorhanden. Der Raum ist festlich erleuchtet durch Hunderte von Kandelabern und Kerzen jeder Form und Größe, die allenthalben aufgestellt sind. Die Karyatiden sind abgemagert und haben Gebärden des Flehens angenommen. Auch die Bilder und Figuren zeigen jetzt erschrockene, schmerzliche, fragende und zornige Gesichter. Die Vögel sind tot. Im Vordergrund sind welche zu einem Haufen zusammengekehrt. Den Personen zerfallen sichtlich die Kleider am Leibe. Überall Zeichen des Verfalls.

ERSTE SZENE

Sebastian Nothaft sitzt klein und eingesunken auf dem Thronsessel. Er hat die Augen geschlossen und scheint nicht bei Bewußtsein. Er ist mit einem großen Verband um die Brust versehen. Alexandra sitzt auf den Stufen des Throns. Man hört das langsame Ticken einer großen Uhr, welches umherwandert, manchmal näher kommt und sich wieder entfernt. Anton tritt auf. Er trägt einen Leuchter. Sein Gesicht ist wächsern, seine Bewegungen fahrig, er schlurft.

ANTON

Dies, Madame, ist der letzte. Alle übrigen wurden von den anderen Herrschaften mit Beschlag belegt, seit die Fenster fort sind.

ALEXANDRA

Es ist gut.

ANTON

Madame treibt solche Verschwendung mit voller Absicht? Wenn diese Kerzen heruntergebrannt sind, beginnt die Dunkelheit. Für immer.

ALEXANDRA

Ich weiß.

ANTON
(verbeugt sich, will ab)

ALEXANDRA
Anton? Was machen die Leute?

ANTON
Sie bedauern den Vorfall, Madame.

ALEXANDRA
Ist schon jemand auf die Idee gekommen, daß es an uns liegt, ob er sterben wird?

ANTON
Das wohl, Madame. Jedoch kann sich offenbar keiner entschließen, den ersten Schritt zu tun.

ALEXANDRA
Ich brauche Sie nicht mehr. Danke Anton.

Anton ab.

ZWEITE SZENE

Alexandra, Sebastian.

SEBASTIAN
... so ist das also. Ich versteh schon. Sterben.

ALEXANDRA
Halten Sie sich ruhig! Sprechen Sie nicht!

SEBASTIAN
Ich muß. Es ist nicht mehr viel Zeit. Und ich muß doch verstehen...

ALEXANDRA
Was müssen Sie verstehen?

SEBASTIAN
Ich bin nämlich nicht ganz richtig im Kopf, wissen Sie? Weil ich Lügen nicht versteh. Das ist die Krankheit, an der ich sterben muß.

ALEXANDRA

Nein, mein Herz, nicht, wenn du dich ruhig hältst.
(Pause)

SEBASTIAN

Wissen Sie, wie das ist – Angst?

ALEXANDRA

Wer sterben gelernt hat, was sollte der fürchten...

SEBASTIAN

Ich lerne es gerade. Kennen Sie ihn gut – den Tod?

ALEXANDRA

Als ich noch klein war, spielte er manchmal mit mir. Später haben wir gemeinsam gearbeitet, wir waren immer zusammen. Eines Tages bemerkte ich, daß er anfing, mich zu verwöhnen. Es waren seltsame Kleinigkeiten, die er mir schenkte, einen kostbaren Abschied zum Beispiel, eine zierliche Runzel auf der Stirn oder ein schön geschliffenes, eisklares Stück Einsamkeit. Nach und nach wurden seine Geschenke immer wertvoller, und ich begriff, daß er ernste Absichten hatte.
(schaut Sebastian nachdenklich an)
So wurde er zuletzt mein Geliebter.

SEBASTIAN

Haben Sie niemals Mitleid gehabt mit jemand?

ALEXANDRA

Weil wir nicht unsterblich sind?

SEBASTIAN

Weil wir schwach sind.

ALEXANDRA

(schweigt)

SEBASTIAN

Aber wenn man jemand liebt?

ALEXANDRA

Die Liebe, mein Kleiner, ist erst recht nichts für die Schwachen. Ich werde Sie für eine Weile allein lassen. Sie wissen, jede Bewegung kann Sie umbringen. Also, seien Sie vernünftig!

SEBASTIAN

Sie gehen fort? Wohin gehen Sie?

ALEXANDRA

Ich werde um dein Leben kämpfen, mein Herz.

SEBASTIAN

Aber die Türen sind doch fort! Und die Fenster auch!

ALEXANDRA

Aber warum, zum Teufel, sollen sie sich nicht wieder öffnen? Es liegt nur an uns.
(will ab)

SEBASTIAN

Frau Alexandra?

ALEXANDRA

Ja?

SEBASTIAN

Warum tun Sie das? Sie glauben doch nicht daran?

ALEXANDRA

Du kannst einen wirklich zur Verzweiflung bringen! Mein Liebhaber schätzt es nicht, wenn man es ihm leicht macht. Er verlangt, daß man sich mit Nägeln und Zähnen gegen ihn wehrt. Das ist eine Frage des Anstands. Bis bald, mein Freund.
(ab)

DRITTE SZENE

Sebastian allein.
Man hört das Ticken einer anderen rascheren Uhr wandern.

SEBASTIAN
(richtet sich auf)
Wer ist da? ... Ninive? Wir sind schuld dran...
(sinkt wieder zusammen)
Die Liebe ist nichts für die Schwachen... Atlanta... Wasser!... Es ist heiß... Königin Ninive!... Phantom kann durch Feuer gehen... ich komme... Wir haben unsere Sache schlecht gemacht... Die Stadt brennt... Wir haben alles verdorben... ich bin nicht schwach, nein... Ich bin Phantom, ich! Atlanta... Ninive!... Wasser!

VIERTE SZENE

Sebastian, Jakob Nebel.

JAKOB
(schwitzend vor Angst)
Geht es Ihnen vielleicht nicht schon viel besser, Herr Nothaft? Ich befürchte hoffentlich nicht, Sie zu belästigen. Ich mach mir nämlich ernstliche Sorgen um mich.

SEBASTIAN
... ich bin nicht schwach!

JAKOB
Ich finde auch, Sie sehen schon wieder viel gesünder aus. Darum wollte ich Sie nämlich zudringlichst ersucht haben. Da wäre mir sehr gedient damit, wenn Sie freundlicherweise wieder gesund werden könnten, bevor die Zettel zusammengelegt werden. Sonst hätte ich nämlich ziemlich starke Gründe, um meine allgemeine Wohlfahrt besorgt zu sein. Ein Vergleich der Zettel wird für meine Person fatale Erweiterungen

nach sich ziehen. Ich sehe Tätlichkeiten auf mich zukommen. Herr Nothaft, ich ersuche Sie gütlich: Helfen Sie mir!

SEBASTIAN
(fiebernd)
... was sollen wir tun?

JAKOB
(ratlos)
Ja, das weiß ich auch nicht.

SEBASTIAN
... fliehen?... Atlanta, wir müssen fliehen!...

JAKOB
Es entspricht schon lange nicht mehr meinem inneren Bedürfnis, daß ich noch vorhanden bin. Ich würde sogar freiwillig auf alle zukünftigen Vorteile verzichten, wenn ich dafür vorzeitig entlassen würde. Besser geschoren mit Kopf als ungeschoren ohne. Kurzum: ich bin unermüdlich am Aufbrechen. Aber meine zahlreichen Versuche, aus diesem übernatürlichen Knast auszubrechen, nullen sich von einem zum andern. Jetzt werden sie natürlich fragen: Jakob, du Unglücksvogel, warum setztest du deine Hoffnung dann nicht auf die Einigung der Erben? Ich erwidere mit bitterem Lächeln: Ihr Sesam-öffne-dich ist unweigerlich mein Knüppel-aus-dem-Sack. Das ist eine verzweifelte Verknüpfung! Darum frage ich mich, wie ich mich abknüpfe. Haben Sie mich jetzt begriffen?

SEBASTIAN
Nein.

JAKOB
Dann bin ich am Ende meiner Verständlichkeit. Ich blicke in einen Zwiespalt hinab.
(Pause)

SEBASTIAN
Jakob?

JAKOB
Ja?

SEBASTIAN
Ich weiß, wer schuld ist, Jakob.

JAKOB
Dagegen erhebe ich Einspruch! Ich bin ein Opfer der Verhältnisse.

SEBASTIAN
Ich und Ninive, wir sind schuld.

JAKOB
Das müssen Sie mir erst mal näherbringen.

SEBASTIAN
Es wird nicht mehr gut mit uns. Deswegen ist alles umsonst.

JAKOB
Hören Sie, lieber Herr, ich verstehe ja nicht besonders viel von Liebe und solchen heiligen Angelegenheiten – eine Bildungslücke, leider! –, aber ich frage mich denn doch, ob Sie Ihre werte Privatsache nicht vielleicht ein ganz klein bißchen überschätzen?

SEBASTIAN
Es ist aber so.

JAKOB
Einen Augenblick, wenn Sie gestatten. Sie behaupten also eidesstattlich, wenn die Sache zwischen Ihnen und der Kleinen wieder – wie soll ich sagen – gekittet wäre, dann würde sich was ändern? Es würde möglicherweise die eine oder andere Tür wieder aufgehen? Meinetwegen eine ganz kleine? Eine, durch die ich zum Beispiel in gebückter Haltung hinausmarschieren könnte? Möglich ist ja offenbar alles in diesem sensiblen Etablissement. Ein Versuch könnte nicht schaden. Mein hochverehrter jugendlicher Gönner, trösten Sie sich. Da hat Nebeljakob schon ganz

andere Dinger gedreht! Sehen Sie nicht, wie mir bereits Flügelchen wachsen? Jetzt ergreife ich Pfeil und Bogen und begebe mich auf die Pirsch. Nehmen Sie derweil ein erquickliches Mützchen voll Schlaf, wenn Sie aufwachen, steht die Kleine in leibeigener Gestalt vor Ihnen und lächelt Sie an wie ein Stückchen Zucker.
(ab)

FÜNFTE SZENE

Sebastian. Dr. Leo Arminius tritt auf, er ist noch bleicher als sonst.

ARMINIUS
Können Sie mir zuhören?

SEBASTIAN
Was wollt ihr denn auf einmal alle von mir?

ARMINIUS
Ich habe versprochen zu helfen...

SEBASTIAN
Mir kann niemand mehr helfen.

ARMINIUS
... Ihnen und allen anderen. Indem ich meine Schweigepflicht verletze und den Inhalt des Testaments bekanntgebe. Aber ich werde es nicht tun. Nur Ihnen... Ich bin bereit, es Ihnen anzuvertrauen. Unter dem Siegel der Verschwiegenheit. Es ist das einzige, was ich für Sie tun kann.

SEBASTIAN
Nur mir? Warum?

ARMINIUS
(ausbrechend)
Weil es absurd ist! Weil es eine teuflische Verhöhnung aller Beteiligten ist! Weil die Erben mich in Stücke reißen würden! Weil ich keine Lust habe, den

Märtyrer zu spielen für ein zynisches Spiel, das mich nichts angeht! Weil ich am Ende bin mit meinem Latein.

SEBASTIAN
Sie haben Angst?

ARMINIUS
Ich bin auch nur ein schwacher Mensch!

SEBASTIAN
Ich bin nicht schwach! Ich fürchte mich nicht!

ARMINIUS
Gut! Wir werden sehen.
(zieht ein Papier aus seiner Mappe, liest:)
»Es ist mein erster und mein letzter Wille, Euch zu geben, was niemand im Himmel und auf Erden Euch geben kann als Ihr selbst...«

SEBASTIAN
(kommt zu sich)
Was ist das?

ARMINIUS
Ein Witz! Ein Aprilscherz, nichts weiter! Nichts kommt heraus, wenn alle Anteile zusammengelegt sind, nichts als daß sie eben zusammengelegt sind! Lesen Sie selbst!

SEBASTIAN
(richtet sich auf, liest mühsam)
»... Ihr habt es schon empfangen, einer durch den anderen – sonst könntet Ihr meine Worte jetzt nicht lesen – und eben darin besteht das eigentliche Erbe!«

ARMINIUS
Köstlich, nicht wahr? Dafür hat sich der Aufwand gelohnt, nicht wahr? Lachen Sie doch. Warum lachen Sie nicht?

SEBASTIAN

(liest)

»... Ohne dies Geheimnis, das Ihr nun kennt, müßten Euch meine Güter zum Fluch gereichen. Denn es sind große Schätze, gewaltige Kräfte, Macht über Vieles, Heimliches und Offenbares...!«

ARMINIUS

Und so weiter, und so weiter.

SEBASTIAN

(liest)

»... ich grüße Euch! Ein goldener Schlüssel und ein goldenes Schloß, beides in einem, Ihr habt es mit sich selber aufgetan... es ist an Euch, die Welt zu Gast zu laden.«

(mit fieberhafter Erregung)

Das ist das Testament?

ARMINIUS

Ein Duplikat von der Hand des Erblassers, zur Kontrolle.

SEBASTIAN

Sie müssen es allen sagen, was da steht!

ARMINIUS

Damit sie mich lynchen! Nein, mein Guter, nein! Hätte ich reden wollen, so hätte ich's eher tun müssen, gleich zu Anfang. Jetzt ist es zu spät, nach allem, was schon geschehen ist.

SEBASTIAN

Aber das ist doch... das Größte! Die Leute werden Ihnen dankbar sein.

ARMINIUS

Dankbar? Dankbar, glauben Sie, werden die Leute mir sein? Dankbar für dieses unverantwortliche Bubenstück von einem Testament, zu dem ich Handlangerdienste geleistet habe? Oh, Sie Narr!

SEBASTIAN

(nach einer Pause)

Sie sagen, ich bin ein Narr. Vielleicht muß man ein Narr sein, damit man das da versteht. Aber *alle* müssen es verstehen! Alle! Sagen Sie es ihnen!

ARMINIUS

Ich kann mich beherrschen!

SEBASTIAN

Dann muß *ich* es ihnen sagen.

(er ruft)

Kommt her! Alle!

ARMINIUS

Schweigen Sie! Wollen Sie mich ins Unglück stürzen? Und sich obendrein?

SEBASTIAN

Hört mich denn niemand?

ARMINIUS

Sie haben mir Stillschweigen zugesichert! Sie mißbrauchen mein Vertrauen!

SEBASTIAN

Es hört mich niemand. Bitte, holen Sie die Leute! Schnell!

ARMINIUS

Nein.

SEBASTIAN

Dann muß ich sie suchen...

Er steht mit großer Anstrengung auf und geht seltsam aufrecht hinaus. Der Notar will sich ihm in den Weg stellen, weicht aber doch vor ihm zurück.

ARMINIUS

(allein, zerreißt das Duplikat)

Ich werde alles abstreiten. Mich können sie nicht zur

Verantwortung ziehen. Ich habe nichts gesagt, und eine Abschrift hat es nie gegeben.
(er hebt die Papierstückchen auf, die heruntergefallen sind)
Man darf keinen Beweis finden. Fort damit, wo niemand es je wiederfindet. Ja, wegspülen, hinunter in die Senkgrube! Da werden sie nicht suchen nach ihrem Erbe!
(ab)

SECHSTE SZENE

Egon und Elsbeth Geryon. Egon schreibt in ein Büchlein.

ELSBETH
Hat die Baronin nicht gesagt, er sei hier?

EGON
(schreibend)
... ein Gobelin, zerstört durch Farbverlust und Moder... Sagtest du etwas?

ELSBETH
Wo ist er denn?

EGON
Wer?

ELSBETH
Egon, wir müssen jetzt wirklich an die Rettung des armen Jungen denken. Die Baronin sagt, es sei sehr eilig.

EGON
Aber das tue ich ja, Elsbeth. Meinetwegen kann das Testament auf der Stelle eröffnet werden. Ich werde für die Rettung des armen Jungen nach besten Kräften eintreten. Übrigens zweifle ich nicht daran, daß jetzt auch die anderen vernünftig sein werden.

ELSBETH
Du willst also keine Anteile mehr aufkaufen?

EGON

Ich besitze bereits die Mehrheit.

ELSBETH

Wieviel?

EGON

Sieben Stück.

ELSBETH

Woher hast du sie denn?

EGON

Von Herrn Nebel.

ELSBETH

Aber er hatte dir seinen doch schon gegeben. Woher sind die anderen?

EGON

Von Herrn Nebel.

ELSBETH

Oh Egon, das ist ein ganz unmoralischer Mensch, ein Zuchthäusler! Wessen Anteile sind es denn?

EGON

Das wollte er nicht sagen, und ich will es auch gar nicht wissen! Ich verlasse mich auf die Anständigkeit meiner Geschäftspartner.

(er schreibt)

... Karyatiden bis zur Unkenntlichkeit abgemagert...

ELSBETH

Was schreibst du eigentlich die ganze Zeit, Liebling?

EGON

Ich nehme die Schäden auf.

ELSBETH

Ja, es ist entsetzlich.

EGON

Im Gegenteil, das ist bares Geld. Nachdem ich erfahren hatte, daß ich Universalerbe bin, habe ich das Gebäude mit allem Drum und Dran selbstverständlich sofort versichert.

ELSBETH

Versichert?

EGON

Ja, bei meiner Firma natürlich. Was schaust du mich an wie ein sterbendes Huhn? Das ist doch wirklich das Nächstliegende! Ich habe den Abschluß vom Notar beglaubigen lassen. Es ist alles in Ordnung.

ELSBETH

Und wie hoch?

EGON

Zehn Millionen.

ELSBETH

Oh Egon, mir wird schwindlig.

EGON

Also gut, ich will es dir erklären, Elsbeth. Schau her, hier die Police. Alles ordnungsgemäß, wie du siehst. Für den getätigten Abschluß zahle ich mir selbst im Namen der Firma die Provision.
(er zieht aus der rechten Tasche einen Scheck)
Hier ein Scheck über fünfundsiebzigtausend Mark.
(er steckt den Scheck in die linke Tasche)
Davon zahle ich an die Firma – repräsentiert durch meine Person – die erste Rate in Höhe von eintausenddreihundertundvier Mark.
(er nimmt einen anderen Scheck aus der linken Tasche und steckt ihn in die rechte)
Somit bleiben mir noch dreiundsiebzigtausendsechshundertsechsundneunzig Mark. Das reicht noch für sechsundfünzig Monatsraten oder fast sechs Jahre. Bis du nun beruhigt? Was kann uns passieren? Entweder die Sache geht gut, dann bin ich Universalerbe,

oder sie geht schief – dann bekommen wir zehn Millionen! Zehn Millionen, Elly! Was sagst du dazu, he?

ELSBETH
Wenn dieser Palast untergeht, Egon, dann gehen wir mit unter, samt unseren Millionen! Wir sind doch Gefangene, hast du das vergessen?

EGON
Elsbeth! Hast du Vertrauen zu mir? Kannst du mich irgendeiner Unredlichkeit zeihen? Kann irgendein Mensch mir eine unsaubere Handlungsweise vorwerfen?

ELSBETH
Nein, Egon. Deine Hände sind rein.

EGON
Meine Hände sind rein! Siehst du, Elsbeth, und darin liegt meine Macht, uns alle zu retten. Mehr darf ich dir nicht sagen. Ich habe ein Geheimnis entdeckt.

ELSBETH
Aber worauf wartest du denn noch, Egon?

EGON
Auf den richtigen Zeitpunkt. Bis dahin mußt du darüber schweigen, Elsbeth. Und zwar allen gegenüber. Versprichst du mir das?

ELSBETH
Ja, natürlich, Liebling. Jetzt bin ich ganz ruhig.
(sie nimmt eine Tablette)

SIEBENTE SZENE

Egon und Elsbeth, dazu Anton Buldt.

ANTON
Um Vergebung, es war mir, als habe hier jemand um Hilfe gerufen.

EGON

Wir waren es jedenfalls nicht, Herr Buldt.

ANTON

Dann entschuldigen Sie.
(er will gehen)

ELSBETH

Was ist denn mit Ihnen, Anton? Sie sehen schrecklich bleich aus?

ANTON

Sehr gütig, meine Dame. Ich bin nur müde, ja, sehr müde.

EGON

Herr Buldt leidet nämlich an absoluter Schlaflosigkeit.

ELSBETH

Mein Gott, wie entsetzlich!

ANTON

Das ist es nicht, meine Dame. Was meine morschen Kräfte in Wahrheit aufzehrt, das ist der Umstand, so vielen Herren gleichzeitig dienen zu müssen. Herren, die einander betrachten mit Blicken wie Revolvermündungen. Und ein Ende dieses Elends, wie auch immer es sein mag, ist nicht abzusehen...

ELSBETH

Ach, Herr Anton – was ich Sie schon die ganze Zeit fragen wollte... Ihr ehemaliger Herr hat doch sicherlich einmal von uns gesprochen?

ANTON

So.

ELSBETH

Ich meine, er hat uns doch gekannt?

ANTON

Von wem sprechen Sie, meine Dame?

ELSBETH
Von Ihrem ehemaligen Herrn.

ANTON
Ich bitte um Vergebung, wie war der Name dieses Herrn?

EGON
Philadelphia hieß er, Johannes Philadelphia. Was soll der Unsinn, Anton?

ANTON
Der Name kommt mir bekannt vor.

EGON
Anton, hören Sie, ich rede von dem Mann, dem dieser Palast gehörte!

ANTON
Sie müssen sich irren. Ich lebe in diesem Palast seit über fünfzig Jahren. Ich war immer allein.

ELSBETH
Egon, mir wird nicht gut.

EGON
Also, entweder sind Sie verrückt Anton, oder wir sind es!

ANTON
Lassen Sie mich nachdenken. Mir scheint, ich habe eine Spur gefunden.

EGON
Also bitte! Warum erschrecken Sie uns so?

ANTON
Es muß in den ersten Jahren meiner Anwesenheit im Palast gewesen sein ... Wie gut, daß mein Gedächtnis auch die geringste Kleinigkeit bewahrt!

EGON
Nun reden Sie schon endlich.

ANTON

Damals las ich in einem alten Buch über einen Herrn namens Johannes Philadelphia. Es war, wenn ich mich recht erinnere, eine alte Legende, welche diesen Mann in irgendeinem Zusammenhang mit dem Palast brachte. Wenn Sie es befehlen, werde ich das Buch sofort suchen.

(Pause)

ELSBETH

(nach einem Blickwechsel mit Egon)

Kommen Sie, mein Armer, ich werde Ihnen ein Beruhigungsmittel geben. Dann schlafen Sie sich einmal richtig aus, und bald sind Sie wieder ganz der alte.

ANTON

Meine Dame, ich führe jeden Befehl aus, doch möchte ich zu bedenken geben, daß die Wirkung solcher Drogen auf mich ungewöhnlich ist.

ELSBETH

Diese Tabletten sind völlig harmlos. Egon und ich nehmen sie selber seit Jahren.

(sie drängt sie ihm auf)

ANTON

(schluckt sie und schwankt)

ELSBETH

Kommen Sie, ich führe Sie zu Ihrem Zimmer!

Sie nimmt ihn an der Hand. Beide gehen ab.

EGON

(allein. Er zieht die Seite, welche er aus dem Buch gerissen hatte – dritter Akt – hervor und liest sie durch)

»... so du mit reinen Händen an die nackten Mauern schlügest, sie müßten sich vor dir auftun...« Ja, jetzt verstehe ich.

(er geht zu einer Mauer und hebt die Hand, um auszuprobieren, ob sie sich vor ihm öffnet. Doch bleibt er mit erhobenem Arm stehen, er kann sich nicht entschließen. Langsam läßt er

die Hand sinken, geht rückwärts von der Wand fort, zieht schnell sein Büchlein aus der Tasche und notiert wieder)
Ein siebenarmiger Leuchter aus schwerem Silber – zerlaufen wie Wachs – autsch! ist der heiß.
(er geht schreibend hinaus)

ACHTE SZENE

Anna Fenris, mit nahezu allen Sachen von Paula bekleidet, geführt von Paula Olm, die entsprechend ausgeplündert aussieht, dann Klara Dunkelstern und Alexandra von Xanadu. Alexandra eilt auf den leeren Thronsessel zu und bleibt erstarrt stehen.

ANNA
Reden Sie mir nicht länger die Ohren voll!

KLARA
Aber liebe Frau Fenris, jetzt noch an unserem Plan festzuhalten, heißt, fast einen vorsätzlichen Mord begehen.
(zu Alexandra)
Warum sagen Sie denn nichts mehr?

ALEXANDRA
Zu spät.
(sie setzt sich auf den Thron und hört zu)

ANNA
Zum Glück haben Sie beide hier gar nichts mehr zu gakeln!

PAULA
Also ich versteh Sie überhaupt nicht, Fräulein Dunkelstern. Es war doch Ihr Plan, das mit der Gerechtigkeit, oder?

KLARA
Mein Gott, begreifen Sie denn nicht? Es geht um ein Menschenleben!

ANNA

Ja und? Ist das vielleicht unsere Schuld? Haben wir auf ihn geschossen? Die anderen brauchen bloß mitzumachen bei uns, mehr wollen wir ja gar nicht. Ist das vielleicht unvernünftig? Nein. Ist es ungerecht? Nein. Ist es undurchführbar? Nein. Also bitte!

KLARA

Es gibt Situationen, wo man verdammt wenig hat, wenn man nur recht hat.

PAULA

(ängstlich)

Reden Sie doch der Frau Fenris nicht immer drein!

ANNA

Jetzt will ich Ihnen einmal etwas sagen, Fräulein Dinkelstern. Kommandieren kann alleweil der, dem die andern parieren müssen. Und das bin ich. Ich hab die Zettel, und ich mach damit, was mir paßt. Ich hoffe, Sie haben mich verstanden.

KLARA

Das ist ungeheuerlich! Ich betrachte unsere Verbindung als gelöst!

ANNA

Wir werden Ihren Verlust verschmerzen, gelt Paula?

PAULA

Ja, Frau Fenris, aber ehrlich! Ich hab sie sowieso nie leiden mögen, die geschupfte Person.

KLARA

Geben Sie mir meinen Anteil zurück!

ANNA

Ja freilich, darauf können Sie lange warten!

KLARA

(bebend)

Dazu haben Sie kein Recht!

ANNA
Hörst du, Paula, wir haben kein Recht.

PAULA
(Klara nachäffend)
Es gibt Situationen, wo man verdammt wenig hat, wenn man bloß recht hat.

Anna und Paula lachen.

KLARA
Das ist – das ist verbrecherisch!

ANNA
Oho, hast du das gehört, Paula? Das Fräulein Siebengescheit wird auch noch frech.

PAULA
Direkt unverschämt, Frau Fenris!

ANNA
Hau ihr eine hinein, Paula!

PAULA
(erschrocken)
Ich?

KLARA
Das werden Sie nicht wagen, Fräulein Olm.

ANNA
Wird's bald, Paula?

PAULA
Ich – ich kann sowas nicht, Frau Fenris...

ANNA
Hau ihr eine hinein!

PAULA
Verzeihung, Fräulein!
(schlägt sie)

ANNA
Fräulein Dinkelstern?

KLARA

Sie Scheusal!

ANNA

Sie möchten gern, daß ich Ihnen die Zettel geb, he?

KLARA

Ich bestehe darauf.

ANNA

Ja dann – geb ich sie ihnen natürlich. Das heißt, es hängt von Ihnen ab. Wollen Sie sie? Alle? Auch der Paula ihren und meinen?

KLARA

Jawohl.

ANNA

Dann hauen Sie der Paula eine hinein!

KLARA

Das werde ich nicht tun, Sie – Sie Ungeheuer!

ANNA

Ja, wenn Sie natürlich ein edler Mensch sind, dann kann man nichts machen.

KLARA

Ich werde die anderen zu Hilfe rufen. Wir werden Ihnen die Anteile abnehmen. Wenn nötig, mit Gewalt.

ANNA

Schämen Sie sich, Fräulein Dunkelstern! Außerdem findet sie keiner, die Zettel, weil ich sie nämlich versteckt hab, sehr gut versteckt. Aber ich geb sie Ihnen. Sie müssen bloß der Paula eine hineinhauen, schon geb ich sie Ihnen.

KLARA

Ich bedaure, Paula, aber es geht um Wichtigeres als unsere Würde.

PAULA
Ich laß mir's nicht gefallen!

Klara schlägt sie, Paula heult laut.

ANNA
So ist es brav. Ihr müßt mir bloß folgen, dann mag ich euch wieder.

KLARA
Geben Sie jetzt die Anteile her!

ANNA
Anteile? Ich weiß nichts von irgendwelchen Anteilen.

KLARA
Oh mein Gott! Was, um Himmels willen, ist nur mit Ihnen geschehen, Anna?

ANNA
Man soll es tatsächlich nicht glauben, wie blöd ein einzelner Mensch sein kann. Sie glauben an meine Einfältigkeit, Fräulein, ich nicht! Sie glauben an eine Erbschaft und dieses ganze Brimborium, ich nicht! Es ist Zeit, daß ich Ihnen das einmal deutlich sage! Jahrelang bin ich abhängig gewesen von der sogenannten Freundlichkeit der anderen. Aber jetzt, Fräulein Dinkelstern, jetzt ist das anders. Jetzt müßt Ihr nach meiner Pfeife tanzen. Und das gefällt mir! Wegen mir kann es so bleiben, wie es jetzt ist. Jetzt sitze ich wie eine Made im Speck, und ich bin noch lange nicht satt.
(Pause)

KLARA
(gebrochen)
Ich – ich wollte doch nur das Beste – für alle. Was habe ich nur getan?

ANNA

Und dir, Paula, dir rat ich, mit deinem schwachen Kopf, daß du mir folgst, sonst bleibt dir nämlich gar nichts mehr. Und damit ihr brav bei mir bleibt, alle zwei, und auf keine dummen Gedanken kommt, wünsch ich mir von euch, daß ihr miteinander singt – damit ich euch hör.

PAULA

Singen?

KLARA

Nein!

ANNA

Da wirst du schauen, Paula, wie schön das Fräulein Dinkelstern singen kann. Sie ist nämlich sehr gescheit, und sie möcht gern irgendwelche Zettel, von denen ich nichts weiß. Aber vielleicht kriegt sie sie doch noch – durch ein Wunder, wenn sie recht schön singt.

KLARA

(beginnt mit brüchiger Stimme zu singen, Paula fällt ein)
Drei Gäns im Haberstroh
saßen da und waren froh,
kommt der Bauer gegangen
mit 'ner langen Stangen,
er ruft: Wer do, wer do?
Drei Gäns im...

Das Lied erstirbt ihnen auf den Lippen.

NEUNTE SZENE

Die Vorigen. Markus Schweler, ein gebrochener Mann, kommt langsam herein. Er trägt den bewußtlosen Sebastian auf seinen Armen. Schweler blickt sich schweigend um. Alexandra erhebt sich. Stille. Das Ticken zweier verschieden rascher Uhren wandert wieder umher. Schweler legt Sebastian vorsichtig auf den langen Tisch.

SCHWELER
Das hab ich nicht gewollt… Nein, das hab ich alles nicht gewollt…
(Alexandra geht zu Sebastian)

SEBASTIAN
(phantasiert)
Noch eine Königin… da sind solche Blasen über euren Köpfen… viele… aber ich kann nicht lesen, was drin steht… was sagt ihr?

SCHWELER
Ich wollte nicht schießen… nicht wirklich.

ALEXANDRA
Wo ist mein Gewehr?

SCHWELER
Ich weiß es nicht. Ich rühre nie mehr eine Waffe an.

SEBASTIAN
Da war doch was… Es war so wichtig… es war eine Geheimsprache… da auf der Wand… das ist auch sowas!

SCHWELER
(zieht seinen Anteil aus der Tasche und steckt ihn Sebastian in die Hand)
Hier, das gehört dir.

SEBASTIAN
Was ist das?

SCHWELER
Das ist dein Anteil, Kamerad, dein Anteil ist das. Ich schenk ihn dir. Ich brauch keinen mehr.

SEBASTIAN
Das Testament! Jetzt weiß ich's wieder. Holen Sie alle her! Alle!

ALEXANDRA
Eilen Sie sich!

SCHWELER
(läuft hinaus)

ZEHNTE SZENE

Die Vorigen ohne Schweler. Ninive kommt mit Jakob. Er schiebt das Mädchen vor und bleibt selbst neben dem Eingang stehen.

NINIVE
Sebastian. Ich will dir ja alles erklären, aber ich glaube, du kannst es nicht verstehen.

SEBASTIAN
Ich kann es nicht verstehen, und du kannst es nicht erklären.

NINIVE
(mit plötzlichem Entschluß)
Sebastian, du hattest recht. Ich habe dich belogen, nur weil ich deinen Anteil wollte.

SEBASTIAN
(nickt)
Die Wahrheit. Wie war das Französische?

NINIVE
Mon seul désir.

SEBASTIAN
(nach einer Pause)
Siehst du, ich hab dich doch nicht tragen können.

NINIVE
Ich habe dir unsere beiden Anteile wiedergebracht.

SEBASTIAN

(nimmt sie stumm)

NINIVE

Du sagst ja nichts, Sebastian. Vielleicht meinst du, daß es nicht genau dieselben sind. Ich glaube sogar, es sind nicht dieselben. Aber das ist doch gleich, findest du nicht? Sie sind doch ebenso gut.

(verzweifelt)

Was hätte ich denn tun sollen, um dir zu beweisen...

SEBASTIAN

Weißt du, wer ich bin! Ich sag dir's:

(flüstert)

Ich bin Phantom. Ich!

(nickt triumphierend)

Ich kann durch das Feuer gehen.

(er lacht leise)

NINIVE

Lachst du mich aus?

SEBASTIAN

Weißt du eigentlich... wir haben uns noch nie geküßt.

NINIVE

(küßt ihn)

Das Haus beginnt mehr und mehr zu glänzen – aber in einem kranken fiebrigen Licht.

SEBASTIAN

Ich und du... wir sind stark... wir werden alle retten... ich habe eine Botschaft... Bleib bei mir, Atlanta, geh nicht weg, nie mehr...

NINIVE

(wie erstarrt)

Nein, Phantom – nie mehr...

ELFTE SZENE

Die Vorigen. Dazu Schweler, nach ihm Egon und Elsbeth mit Anton, der wie betäubt wirkt.

SCHWELER
(geht zu Sebastian)
Wir sind vollzählig.

SEBASTIAN
Da ist jetzt auch so eine weiße Blase über meinem Kopf... aber ganz leer. Ich muß was sagen.
(richtet sich auf, Ninive stützt ihn)
Ich weiß, was im Testament steht. Der Notar hat es mir gezeigt... er versteht es nicht... er hat Angst vor euch... Es ist nämlich ganz leicht!... wenn wir alle unsere Anteile zusammentun, wenn jeder dem anderen hilft, ohne Angst und Mißtrauen... dann haben wir damit schon unser Erbe!... Das ist alles. Das ist viel . Sonst sind alle anderen Schätze unser Verderben... Ihr versteht es doch alle?... Ihr müßt nichts Besonderes tun... aber alle müssen es verstehen... Dann ist es leicht... ganz leicht... ein Kinderspiel...
(er stöhnt plötzlich auf, greift um sich und fällt zurück)

NINIVE
(legt ihren Kopf neben Sebastians Gesicht und bleibt reglos)

ALEXANDRA
(schließt ihm sanft die Augen)

ANTON
(nimmt wie ein Schlafwandler zwei brennende Kandelaber und stellt sie zu Füßen und Häupten Sebastians auf den Tisch, dann schleppt er sich zum Thron, auf den er niedersinkt und einschläft.)

ELSBETH
(beginnt zu weinen)
Mein Gott, dieser liebe, junge Mensch!

EGON
Er ist glücklich gestorben.

KLARA
(zu Schweler)
Sein Tod kommt auf Ihr Haupt, General.

ANNA
Mörder!

SCHWELER
(wendet sich zu den Anwesenden, blickt alle der Reihe nach an und senkt den Kopf)
Gut. Ich habe es erwartet. Der Sündenbock wird in die Wüste gejagt. Ich nehme es auf mich.
(er reißt sich die Epuletten ab, fast schluchzend)
Aber ich sage euch das eine: Macht es euch nicht zu einfach mit dem Schuldigen! Ich war es, der den Finger am Abzug hatte, aber die Kugel hat jeder von euch mitgegossen, jeder!
(er geht beiseite. Pause)

EGON
Wirklich erschütternd, diese kindlichen Vorstellungen, auf die so ein junger Mensch in seinen letzten Augenblicken verfällt.

ANNA
Ich glaub ihm.

EGON
Im Ernst?

KLARA
Ausgerechnet Sie?

ANNA
Ich hab sowieso gewußt, daß das ganze Testament ein Schwindel ist.

EGON
Dann haben Sie wohl nichts dagegen, daß ich diese drei Anteile in der Hand des Toten – als sein Sachverwalter an mich nehme.

ANNA
Die rührt keiner an!

EGON
Erlauben Sie mal, gute Frau!

ANNA
Ich erlaube nicht. Und nennen Sie mich nicht gute Frau. Paula, bring mir die Zettel!

EGON
Das verbiete ich!

KLARA
Die Zettel dürfen von niemand berührt werden!

ANNA
Sie halten den Mund!

EGON
Ich möchte doch sehr bitten, meine Herrschaften! Etwas mehr Pietät im Angesicht eines Toten.

PAULA
Frau Baronin – was machen Sie denn da?

ALEXANDRA
(vor dem Kandelaber)
Ich verbrenne meinen Anteil, wie Sie sehen.

EGON
Sind Sie wahnsinnig? Damit vernichten Sie doch jede Möglichkeit, das Testament zusammenzusetzen!

ALEXANDRA
Ja. Das ist meine Absicht.

KLARA
Ist Ihnen klar, Baronin, daß wir dann dies Gefängnis alle nicht mehr verlassen werden?

ALEXANDRA
Es ist mir klar.

EGON
Das ist infam!

ALEXANDRA
(ruhig)
Infam wäre, nach allem, was hier geschehen ist, nur noch eines: ein Happyend! Ich verabscheue Tragödien auf Widerruf. Nein, meine Herrschaften, eine anständige Höllenfahrt ist das einzige, was uns jetzt noch der völligen Nichtswürdigkeit entreißt. Darum will ich dem Verfasser unserer Geschichte – wer immer es sein mag – den Rückweg abschneiden, ehe er uns einer wahrhaft unerträglichen Lächerlichkeit preisgibt, indem er uns aus menschenfreundlicher Halbherzigkeit begnadigt und unser Jammerspiel im vorletzten Akt noch in eine Farce verwandelt! Ich, ihr guten Leute, wünsche keinen Widerruf! Soviel Sinn für Anstand besitze ich noch. Nach eurer Meinung frage ich nicht.

ELSBETH
Sie reden, als ginge es hier um irgendein Theaterstück. Aber es geht doch um unser Leben!

ALEXANDRA
Vielleicht haben Sie eine zu geringe Meinung vom Theater, meine Gute.

EGON
Laß gut sein, Elly. Die Baronin hat nur einen ihrer eigentümlichen Scherze gemacht, um uns zu erschrecken. Was sie da eben mit feierlicher Miene verbrannt hat, war irgendein Stück Papier, aber nicht ihr Anteil. Wie Sie sehen, Verehrteste, befinden sich drei Anteile in der Hand unseres armen toten Freundes. Ich besitze glücklicherweise sieben. Das macht bereits zehn. Oder ergibt die Rechnung bei Ihnen elf? Peinlich, nicht wahr?

ANNA
Der Kerl lügt!

EGON
Was erlauben Sie sich!

ANNA
Ich weiß genau, wieviel Sie haben: gar keinen!

EGON
Sie sind ja nicht bei Sinnen!

ANNA
Weil wir nämlich sieben Stück haben. Drei hat der da. Macht zehn. Peinlich, Herr Direktor, he?

EGON
Ausgeschlossen! Das wären ja schon siebzehn!

ALEXANDRA
Vergessen Sie meinen nicht: Achtzehn!

KLARA
Fragen Sie Ihre Tochter, von wem die beiden Anteile waren, die sie dem Toten gegeben hat!

EGON
Wohin, Herr Nebel?

JAKOB
Euer Ehren, ich – ich möchte etwas Luft schöpfen.

EGON
Ninive, waren sie von ihm?

NINIVE
(nickt)

EGON
Alle diese Zettel sind gefälscht? Ich bin also nicht – Universalerbe?

KLARA
(lacht hysterisch)
Jetzt sind wir alle betrogen. Aber du, Anna, du am meisten.

EGON

Ich fordere eine Erklärung, Herr Nebel!

JAKOB

Ihre direkte Art, Herr Direktor, macht mich ganz verwirrt. Ich bin sonst mehr an umständlichere Verhöre gewöhnt: Was die Blüten anbelangt, so besitze ich mein Original noch, macht neunzehn.

SCHWELER

(stürzt sich auf ihn, schlägt ihn nieder und zieht ihm aus allen Taschen falsche Zettel)

EGON

Aber Herr General, hören Sie auf! Er ist der einzige, der die echten von den falschen Anteilen unterscheiden kann.

JAKOB

(erhebt sich mühsam)

Er will aber nicht mehr. Er wird sich vielmehr eigenhändig einsperren und in der Schutzhaft seine Wunden lecken – bis ihr auf Knien zu ihm gekrochen kommt: »Lieber Jakob, verzeihe uns noch einmal, was wir dir angetan – ohne dich wissen wir nicht mehr aus noch ein!« Und dann werde ich herausfahren aus meinem Loch, schwarz, borstig und schmutzstarrend wie eine Vogelspinne, und werde euch in die Visagen lachen!

ZWÖLFTE SZENE

Die Vorigen. Herein stürzt der Notar, kreideweiß, schlotternd, schlägt hinter sich die Tür zu und lehnt sich keuchend dagegen.

ALEXANDRA

Herr Notar, Sie kommen im rechten Moment.

NOTAR

Was wollen Sie von mir?

ALEXANDRA
Die Wahrheit. Die reine Wahrheit und nichts als die Wahrheit.

NOTAR
Ich weiß von nichts.

ALEXANDRA
Warten Sie doch. Unser Freund Sebastian Nothaft ist tot.

NOTAR
(mit unmerklichem Aufatmen)
Tot?

ALEXANDRA
Er hat uns vor seinem Ende etwas mitgeteilt, dessen Wahrheit nur Sie bezeugen können.

NOTAR
Ich?

ALEXANDRA
Herr Notar, haben Sie ihm den Inhalt des Testamentes anvertraut?

Alle stehen im Halbkreis um den keuchenden Notar, der gehetzt von einem zum andern blickt.

ARMINIUS
Woher sollte ich ihn kennen? Nein!

ALEXANDRA
Im Namen dieses Toten, Herr Notar! Beschwören Sie das?

ARMINIUS
Ich schwöre!

Ein heulender Windstoß reißt die Tür auf, herein wirbelt ein Schneesturm von Millionen Anteilen.

VORHANG

Fünfter Akt

Die Lichter sind erloschen. Der Palast phosphoresziert. Der Saal hat sich zur Höllenszenerie verwandelt. Wände und Säulen stehen schief und krumm. Alle Stoffe sind zerfetzt. Karyatiden und Bildnisse haben sich in Mumien, Gerippe und Fratzen verwandelt. Stille, brütende Hitze und Stickigkeit. Alles ist von den Papierschnitzeln des geheimnisvollen Schneesturms vom Ende des vorigen Aktes bedeckt.
In der Nische, durch einen zerschlissenen Vorhang etwas abgedeckt, liegt Sebastian aufgebahrt. Bei ihm sitzt, vollkommen versteinert, Ninive.
Auf dem Thronsessel hängt Anton Buldt und schläft.
Die auftretenden Personen sind zu Spukgestalten geworden. Ihre Gesichter sind kalkweiß, ihre Kleider Spinnweben.

ERSTE SZENE

Anton, Ninive, Sebastian, Klara Dunkelstern huscht herein, die Hände voller Zettel, die sie auf dem Boden auszulegen beginnt wie ein riesiges Puzzlespiel.

KLARA

Ich rette uns … ich rette uns … So! … und so! … Ich allein trage die Verantwortung für alles … ich muß sie alle zusammensetzen … ich brauche viel Platz … den ganzen Boden … alle Zimmer … alle Treppen … bis zum Speicher hinauf … über die ganze Welt! … Und so? … Es paßt nicht! … Vielleicht woanders? … Ich finde es schon … ich muß nur suchen … fleißig sein … ich rette uns …
(sie entfernt sich suchend)

ZWEITE SZENE

Die Vorigen. Dr. Arminius von der anderen Seite. Er trägt einen Besen und einen großen Sack.

ARMINIUS

(schaut Klara nach, leise)

Schnell! Weg damit!

(er kehrt ihre Zettel zusammen und stopft sie in den Sack)

... Sie suchen nach meinem Meineid!... Aber ich werde euch die Beweise entziehen...

(er taumelt)

Ich kann nicht mehr... ich schufte wie ein Höllenheizer... schüre alle Öfen des Palastes mit diesen gespenstigen Fetzen, die doch nicht weniger werden... die mich unter ihrer millionenfachen Anklage ersticken wollen... ich bin Sisyphos! Still, da kommt wer!

(er flieht)

DRITTE SZENE

Die Vorigen. Egon S. Geryon und Elsbeth.

EGON

(stürzt herein und wirft mit seinen Anteilen um sich)

Weg damit! Weg! Weg!

(er stößt mit den Füßen in die Papierschnitzel)

ELSBETH

(händeringend)

Egon, um Himmels willen, was tust du mit unseren Anteilen?

EGON

Jetzt habe ich die Brücken hinter mir abgebrochen, es gibt kein Zurück mehr! Jetzt muß die Versicherungssumme fällig werden, und zwar in voller Höhe! Die Vernichtung des Hauses ist nicht mehr aufzuhalten.

ELSBETH

Ich bekomme keine Luft mehr! Diese Hitze! Ich ersticke!

EGON

Denk an die zehn Millionen!

ELSBETH

Die Leute verlieren schon den Verstand vor Angst! Ich kann nicht ruhig zusehen, wie sie sich gegenseitig umbringen.

EGON

Ich habe nie gewünscht, daß sie sich Böses zufügen, nie. Aber nun ist nichts mehr daran zu ändern, und je schlimmer sie es treiben, desto eher wird der Augenblick kommen, wo ich uns alle retten kann.

ELSBETH

Oh Egon, wirst du es wirklich können?

EGON

(brüllt in Todesangst)

Woher soll ich Kraft und Selbstvertrauen nehmen, wenn du mich moralisch aushöhlst? Das ist Verrat! Das ist Defaitismus! Du fällst mir in den Rücken in dieser letzten entscheidenden Stunde!

(gebrochen)

Meinst du, ich hätte mich nicht längst in Sicherheit bringen können und euch eurem Schicksal überlassen? Ich habe es nicht getan.

ELSBETH

Oh Egon, ich war kleinmütig. Dieses schreckliche Warten... Könnten wir nichts dazu tun, daß es schneller zu Ende geht?

EGON

Nein, Elsbeth, ich darf nicht eingreifen. Meine Hände müssen rein bleiben. Aber du, Elly! Du könntest viel dazu tun, den Haß der Leute aufeinander zu schüren!

ELSBETH

Aber das wäre doch ein Verbrechen!

EGON

(erschöpft)

Ach, du bist eben unfähig, das Ganze zu sehen. Ich habe keine Hilfe an dir.

(er geht)

VIERTE SZENE

Die Vorigen ohne Egon.

ELSBETH

(nähert sich vorsichtig der Nische)

Ninive? Hörst du mich, mein Kindchen? Es nützt doch nichts, wenn du immerfort hier sitzen bleibst. Ninive, worauf wartest du denn?

NINIVE

(wendet ihr plötzlich ihr Gesicht zu und sagt sanft)

Ich warte darauf, daß ich weinen kann.

ELSBETH

Du hast doch schon genügend gezeigt, daß es dir leid tut.

NINIVE

Wenn ich nicht weinen kann, muß ich sterben.

ELSBETH

Jetzt will ich dir etwas sagen. Hörst du mir auch zu? Dein Vater wird uns retten! Er kennt einen Weg hinaus. Ich weiß es schon lange.

NINIVE

(starr)

Du weißt es schon lange...

ELSBETH

Ja, denk nur! Wir müssen nur noch ein bißchen warten, dann sind wir so reich, so reich, daß du es dir gar nicht vorstellen kannst.

NINIVE

Ihr hättet Sebastian retten können – und habt es nicht getan!

ELSBETH

Das ging nicht anders, Kind.

NINIVE

Und du hast es die ganze Zeit gewußt?

ELSBETH

Dein Vater hat mir verboten, etwas zu sagen.

NINIVE

Warum hast du diesem Mann gehorcht?

ELSBETH

Hättest du nur immer getan, was wir dir gesagt haben, dann wäre viel Unheil vermieden worden.

NINIVE

(langsam)

Wenn alle dieses Haus verlassen werden – wirst du nicht mehr dabei sein. Du nicht!

(sie steht auf und geht wie in Trance auf Elsbeth zu)

ELSBETH

Ninive! Was soll das heißen? Du wirst doch nicht... ich bin deine Mutter! Kind, komm doch zu dir, du bist ja... Hilfe! Hilfe! Hilfe!

Sie flieht, Ninive folgt ihr.

FÜNFTE SZENE

Anton, Sebastian. General Schweler tritt auf, blickt sich um und geht zu Anton Buldt.

SCHWELER

(leise)

Hör mal zu, Kamerad! Bring mich hier raus! Was verlangst du dafür? Komm, komm, mir kannst du nichts vormachen.

(er ohrfeigt ihn leicht, Anton murmelt etwas)

Du wartest auf den Augenblick, wo keiner aufpaßt, wie? Du weißt irgendein Schlupfloch aus diesem Fuchsbau. Wozu spielst du sonst toter Käfer?

(er schüttelt ihn)

Na, gut, ich hab Zeit. Ohne mich kommst du hier nicht raus. Wir bleiben schon zusammen, Kamerad, bis zum Jüngsten Gericht.

(er setzt sich auf die Stufen des Throns)

SECHSTE SZENE

Die Vorigen. Klara Dunkelstern huscht wieder herein.

KLARA

Wer war an meinen Zetteln? Wer hat schon wieder alles durcheinandergebracht?

(sie geht auf Schweler los)

Sie! Sie Unmensch! Sie gemeiner Verbrecher!

SCHWELER

Ich habe keine Ahnung, wovon Sie reden.

KLARA

Ich muß doch alle diese Anteile zusammensetzen. Niemand hilft mir, ich bin ganz allein. Ich beklage mich nicht darüber. Aber daß man mir immer und immer wieder alles zerstört –

(sie hockt sich auf den Boden)

Also gut – ich fange wieder von vorne an...

SIEBENTE SZENE

Die Vorigen. Alexandra von Xanadu tritt auf. Sie trägt jetzt ein glitzerndes Paillettenkostüm und unter dem Arm einen Pferdeschädel.

ALEXANDRA
Ich habe mein Pferd doch wiedergefunden.

KLARA
Ist das da – Ihr Pferd?

ALEXANDRA
Sehen Sie, da ist noch die Spur von Pantherzähnen. Damals hat Lilie mir das Leben gerettet. Mein schönes Mädchen, mein Sammetmäulchen...

SCHWELER
Sie sind schwer zu ertragen, Gnädigste.

ALEXANDRA
Was treiben Sie da, Fräulein Dunkelstern?

SCHWELER
Sie rettet uns.

ALEXANDRA
Darf ich Ihnen helfen?

KLARA
Treten Sie nicht auf meine Zettel! Gehen Sie weg!

SCHWELER
Gnädigste haben sich wieder mal umgezogen!

ALEXANDRA
Dies Kostüm habe ich immer zum Finale getragen.

SCHWELER
Was soll das Affentheater? Wie man krepiert, ist doch völlig egal.

ALEXANDRA

Bei Ihnen ja.

(sie will abgehen, doch der Bogen, durch den sie eingetreten ist, hat sich während der Szene geräuschlos geschlossen und ist verschwunden. Sie streicht mit der Hand über die Mauer und sagt leise, beinahe hoffnungsvoll:)

Nun wird es also doch noch – ein Fest geben?

ACHTE SZENE

Die Vorigen. Anna Fenris taumelt atemlos herein.

ANNA

Hilfe! Helft mir doch!... Die will mich umbringen, die Paula, sie will mich umbringen... ist denn da niemand?

(sie tastet an der zugewachsenen Tür)

... wo bin ich denn?... Jetzt kenn ich mich nicht mehr aus!

PAULA

(noch hinter der Szene, rasend)

Anna! Anna! Ich finde dich schon, Anna, und wenn du dich verkriechst bis in den Erdboden hinein!

ANNA

Jetzt kommt sie! Jetzt ist es aus!

PAULA

(tobt herein, einen Strick in den Händen)

Hab ich dich endlich!

ANNA

Ich bin doch nicht schuld dran... die andern sind schuld dran... das Fräulein Dinkelstern, die ist schuld dran, die hat es eingefädelt, an die mußt du dich halten...

PAULA

Nein, Anna, du hast ihn und gibst ihn mir jetzt!

ANNA

Aber schaun Sie, liebe Dame, davon haben Sie doch jetzt nichts mehr, wenn ich ihn hergeb. Die Zettel sind doch jetzt sowieso wertlos...

PAULA

Ich will meinen Anteil!

ANNA

Wie kann man denn nur so versessen sein auf eine solche Unwichtigkeit...

PAULA

Gib ihn her! Anna!

ANNA

Ich kann nicht, wenn ich auch möcht, es gibt nichts, was ich lieber möcht im Moment, aber es geht nicht, das ist mir ja selber am allerärgsten...

PAULA

Was hast du gemacht damit?

ANNA

Gemacht? Was soll ich gemacht haben?

PAULA

Was du damit gemacht hast, will ich wissen!

ANNA

Es hilft nichts, wenn ich dir's sag, Paula...

PAULA

Ich werd dir's zeigen!
(sie würgt Anna mit dem Strick)

ANNA

Nein... ich will's ja sagen... ich sag alles... jetzt ist sowieso alles aus.

PAULA

Was hast du gemacht damit?

ANNA

Aufgegessen.
(Pause)
Paula? – Paula, warum sagst du nichts? – Ich hab's nicht gewollt, nicht gleich von Anfang an, aber ich wollt dann auch einmal was von meinem Leben haben wie alle. Paula – Paula, kannst du das gar nicht verstehen?

PAULA

Ich versteh schon. – Ich versteh, daß du mich beschissen hast. Und ich, ich hab dir geglaubt! Und du hast über mich gelacht im stillen. Alle haben gelacht über mich. Aber du, Anna, du wirst nichts davon haben, du nicht und auch sonst keiner! Euch wird das Lachen vergehn! Jetzt geh ich und zünd das Haus an! Und dazu brauch ich keinen mehr, der mir hilft!

Paula läuft fort. Während der folgenden Szene wächst auch diese Tür zu. Anna bleibt liegen.

NEUNTE SZENE

Die Vorigen ohne Paula. Egon S. Geryon kommt.

EGON

Wer schreit denn hier so furchtbar?

KLARA

Sie sehen mich an? Mein Plan war richtig. Ich habe ihn gründlich durchgedacht, oh ja. Aber wir müssen das noch einmal durchnehmen. Man muß den Fehler finden und ausstreichen. Man muß uns ausstreichen!

ANTON

(beginnt plötzlich deutlich, aber mit seltsam veränderter Stimme im Schlaf zu sprechen)
Achtung! Achtung! Eine letzte Botschaft – an alle!

EGON

Der alte Anton! Er redet! Er wacht doch noch auf!

ANTON

Rührt diesen alten Mann nicht an! Er weiß nichts von dem, was sein Mund spricht. Wenn ihr ihn berührt, so muß diese Stimme verstummen...

EGON

Anton, ich verbiete Ihnen, zu reden! Es ist noch zu früh! Sie verderben alles!

SCHWELER

Woher wissen Sie denn, was er sagen will?

EGON

Nicht das Geheimnis, Anton!

ANTON

(laut)

Ohren habt ihr und hört nicht, Augen habt ihr und seht nicht – so muß nun der Schlafende zu euch reden, denn wenn erst die Steine zu schreien beginnen, dann müßt ihr sehen und hören, aber euch wird Hören und Sehen darüber vergehen...

SCHWELER

(schreit)

Sag mir, wie ich hier rauskomme!

EGON

Schweigen Sie, Anton, ich befehle es!

SCHWELER

Reden Sie, Anton, ich befehle es!

EGON

(stürzt sich auf Anton)

Nein!

ANTON

(murmelt)

Keineralleingestunnendrafenübelaufdriliri...

SCHWELER

Aus. Was haben Sie gemacht, Mensch!
(er packt Egon)
Was darf er nicht sagen?

EGON

(hysterisch)
Was fällt Ihnen ein, General, Sie vergessen sich!

ZEHNTE SZENE

Die Vorigen. Elsbeth stürzt herein und klammert sich an Egon.

ELSBETH

Egon!... Hilfe!... Die Türen, die Türen im ganzen Palast... und Ninive, mein Gott im Himmel, das Kind, du mußt mich retten, hilf mir doch!

EGON

Was ist mit den Türen?

ELSBETH

Im ganzen Palast verschwinden die Türen, eine nach der anderen, ich bin noch nie so gerannt...

EGON

Wo ist Ninive?

ELSBETH

Sie will mich umbringen, Egon! Mein eigenes Kind! Egon, laß mich jetzt nicht allein!

EGON

(außer sich)
Es geht jetzt um Wichtigeres als euren lächerlichen Familienzank.
(er reißt sich los, so daß sie zu Boden fällt und eilt hinaus)

ELFTE SZENE

Die Vorigen ohne Egon.

SCHWELER
(will Elsbeth aufheben)
Kommen Sie!

ELSBETH
Herr General... würden Sie mich bitte vor meinem Kind beschützen?

SCHWELER
Was ist denn los mit dem Mädchen?

ELSBETH
Ich wollte sie trösten und habe ihr verraten, daß Egon das Geheimnis kennt, das die Türen öffnet...

SCHWELER
Was ist das für ein Geheimnis?

ELSBETH
Ich weiß es doch nicht... Egon hat es sogar mir nicht verraten.

SCHWELER
Ah, so hat er sich das gedacht! Den Goldzahn werde ich dir ziehen, mein Junge, und zwar so, daß du dran ersticken sollst!
(er läuft hinter Egon her)

ZWÖLFTE SZENE

Die Vorigen ohne Schweler. Ninive tritt auf und geht langsam auf Elsbeth zu.

ELSBETH
(richtet sich im Knien auf)
Ninive... Kind... komm her zu mir... Komm!... Ich glaube, es ist das erste Mal, daß du mich... umarmst...

Man hört den rasenden Hufschlag eines galoppierenden Pferdes näher kommen, wie im ersten Akt, jetzt aber hallend und gespenstisch.

ALEXANDRA
(legt zärtlich die Wange an den Pferdeschädel)
Lilie, mein Liebling, sei ruhig, ganz ruhig!

Der Hufschlag verklingt langsam.

Ninive
(senkt den Kopf und weint)

ELSBETH
Du weinst ja, Ninive! Kindchen!

Ninive wendet sich heftig von ihr fort und geht in die Nische, wo sie ihren ersten Platz einnimmt.

DREIZEHNTE SZENE

Die Vorigen. General Schweler kommt rückwärts mit erhobenen Armen herein, gefolgt von Jakob Nebel, der Alexandras Gewehr unter dem Arm hält. Dann erscheint Egon in sehr derangiertem Zustand. Jakob ist rußgeschwärzt und an vielen Stellen angesengt. Seine Augen sind schreckgeweitet, er vermag kaum mehr zu sprechen.
Von nun an bis zum Ende, erst noch leise, aber mehr und mehr anschwellend das Geräusch des Feuers.

EGON
(zeigt auf Schweler)
Dieser Kerl wollte mich totschlagen!

JAKOB
Wer?
(er dreht sich um)

EGON
Halten Sie doch das Gewehr auf ihn gerichtet!

JAKOB
Auf wen?

EGON

Den dort!

JAKOB

(zu Alexandra)

Entschuldigung, daß ich es mir ausge... ausgewendet habe... aber nur leihweise... ich fühlte mich unge... so unge... so schutzlos... da unten im Keller.

EGON

(zeigt auf Jakob)

Er hat mich gerettet!

JAKOB

Das wollte ich nicht... verzeihen Sie bitte!

(er richtet das Gewehr auf Egon)

... es tut mir vielmals leid.

EGON

(nimmt die Hände hoch)

Nehmen Sie doch das Ding weg!

JAKOB

Aber ich... bitte Euer Herrschaften, Sie stehen auf gespanntem Fuß mit mir... ich stehe ja selbst auf gespanntem Fuß... ich meine vielmehr... ich beteure eidesstattlich, daß Sie mich weder persönlich noch in... noch in anderer Gestalt wiedergesehen hätten... wenn nicht... es ist nämlich... darf ich vielleicht um einen Stehl bitten... ich meine einen Sussel... einen Stessel zum Hinsetzen!

(er setzt sich)

EGON

Sie haben in meiner Person uns alle gerettet! Sie haben sich selbst gerettet! Das werden Sie gleich sehen.

JAKOB

Da bin ich mir aber sehr... da bin ich mir dankbar. Meine Herrschaften, Sie haben mich schwer geschmälert, aber trotzdem habe ich nicht gezögert ... weil nämlich ... ich bin aus meiner Schutzhaft ausgebrochen. Weil ... es ist da noch etwas ausgebrochen ...

EGON
Reden Sie doch!

JAKOB
Ich rede doch ... aus Leibeskräften! ... So ein Dings ist ausgebrochen! Ein ... Ich komm momentan nicht auf das Wort!

PAULA
(hinter der Bühne)
Feuer! Feuer! Feurio!

ARMINIUS
(von weitem)
Feuer im Haus!

JAKOB
Genau. Das war's.

VIERZEHNTE SZENE

Die Vorigen, dazu Paula Olm und Dr. Arminius. Es sind jetzt nur noch zwei Eingänge vorhanden, die sich aber nach dem Auftritt der letzten Personen rasch schließen.

PAULA
(taumelt herein)
Hilfe! Das Haus brennt! Es brennt überall!

SCHWELER
Wir müssen sofort löschen!

ANNA
Ich will nicht verbrennen. Laßt mich nicht allein!

EGON
Zehn Millionen, Elly! Jetzt ist es soweit. Endlich! Zehn Millionen!

PAULA

Das ganze Treppenhaus steht schon in Flammen!

ARMINIUS

(erscheint auf der Galerie durch die letzte noch vorhandene Öffnung, die sich sofort hinter ihm schließt. Er fällt mehr als er läuft die Treppe herunter)

Da! Da oben! Der Dachstuhl! Alles brennt lichterloh! Rette sich, wer kann!

(er landet in Klara Dunkelsterns Armen und starrt sie verzerrt an)

Ich gestehe! Ja, ja, ja, ich habe einen Meineid geschworen, ich schwöre es!

KLARA

Halten Sie mich nicht auf! Ich habe noch sehr viel Arbeit.

Nun sind alle Öffnungen verschwunden. Rauch steigt aus dem Boden.

EGON

Hört mich an! Es wird euch nichts geschehen! Ich bin bei euch! Fürchtet euch nicht!

Auch der Durchblick zur Nische, wo Ninive bei Sebastian sitzt, schließt sich.

ELSBETH

Das Kind! Das Kind! Hol es heraus!

EGON

Ninive, komm sofort her! Komm da heraus!

ELSBETH

Bitte, bitte, komm doch!

EGON

Wirst du wenigstens dies eine Mal gehorchen?

NINIVE

Nein!

(ihre Antwort verhallt schon hinter der Mauer, die sich schließt)

EGON

(in Euphorie)

Ruhe, Elsbeth. Ich werde sie retten! Ich werde uns alle retten! Die Stunde ist da! Wer unter euch kann mich irgendeiner Unredlichkeit zeihen! Der trete jetzt vor! Keiner? Ich habe es nicht anders erwartet. Es gibt in meinem ganzen Leben nichts, dessen ich mich schämen müßte. Meine Hände sind rein! Und vor diesen meinen Händen, so steht es geschrieben, werden die Mauern sich auftun! Folgt mir!

(Keiner rührt sich vom Fleck. Egon tritt an die Mauer und pocht. Man hört ein seltsames Echo, sonst geschieht nichts. Er pocht nochmals, stärker und immer stärker, sein Gesicht verzerrt sich, er hämmert verzweifelt mit beiden Fäusten gegen die Wand)

Lüge! Alles war Lüge! Philadelphia hat mich betrogen!

(er bricht wimmernd zusammen)

FÜNFZEHNTE SZENE

Die Vorigen.

ARMINIUS

Den Schuldigen! Wir müssen den wahren Schuldigen suchen. Wenn wir ihn opfern, vielleicht läßt das Haus uns anderen frei. Nur Recht und Gesetz können uns noch retten. Das Haus will unerbittlich sein Recht.

(er stellt sich an das Kopfende des langen Tisches)

Ich erhebe Anklage gegen Unbekannt!

(alle setzen sich um den langen Tisch, wie zu Ende des ersten Aktes)

Die Verhandlung ist eröffnet. Schnell, schnell, wer ist der Schuldige an dieser Katastrophe? Meldet sich niemand?

Während der folgenden Szene beginnt der Boden des Saales zu glühen, so daß die »Geschworenen« nach und nach auf ihre Stühle klettern und sich auf die Lehnen setzen.

ANNA
Die Paula! Sie hat das Haus angezündet! Sie hat gedroht, daß sie's tut – aus lauter Rachsucht! Hängt sie auf!

PAULA
Ich hab nichts gemacht! Die Dunkelstern, die hat's gemacht! Sie ist verrückt!

KLARA
Ich? Ich habe uns zu retten versucht. Aber niemand hilft mir.

ELSBETH
Der Notar! Er hat die Zettel verbrannt! Er hat das Haus angezündet!

ANNA
Aufhängen!

ARMINIUS
Ich bin der einzige Volljurist. Ich führe die Verhandlung!

ANNA
Hängt ihn auf!

ARMINIUS
Ruhe! Herr Direktor Geryon, wieviel verdienen Sie am Untergang dieses Hauses? Zehn Millionen? Sollten Sie nicht auch den Brand gelegt haben?

EGON
Ungeheuerlich! Das wäre ja Versicherungsbetrug bei der eigenen Firma! ... aber dieser Nebel, dieser Zuchthäusler dort, der gedroht hat, es uns heimzuzahlen, woher wußte er schon lange vor uns allen, daß Feuer ausgebrochen war?

ANNA

Aufhängen!

JAKOB

Hochver... jetzt... jetzt will man mir aus meiner... aus meiner Freundeshand einen Strick drehen! Ich erhebe Dings! Wie heißt das denn gleich? Aber der General, der! Ich weiß genau, daß er es war, er will doch nur die Spuren von seinem Mord verwischen.

SCHWELER

Warum fragt niemand dieses Weib da, das uns alle aufhängen will?

ANNA

Ich? Hab ich vielleicht die Zettel gefälscht? Das war doch der Gauner!

JAKOB

Weil, weil, weil der Direktor mich erpreßt hat!

EGON

Das war geschäftliche Notwendigkeit. Sie wollten ja mit Ihrer Diebesbeute auf und davon gehen!

ELSBETH

Der Notar hat seinen Meineid eingestanden! Wer lügt, der stiehlt, der zünd't auch Häuser an!

ARMINIUS

Und ihre Tochter hat wohl nicht gelogen?

EGON

Diese Baronin, sie hat absichtlich ihren Anteil verbrannt, um uns alle umzubringen! Sie hat es selbst gesagt.

SCHWELER

Und Sie haben die Türen abgesperrt! Deshalb sitzen wir in der Falle!

PAULA

Aber die Anna hat unsere Anteile gefressen!

ANNA

Aufhängen! Aufhängen!

ARMINIUS

Schluß! Es ist nicht mehr zu entwirren. Wir sind zu Filz gekocht. Unter uns gibt es keinen Schuldigen und keinen Unschuldigen. Der wahre Schuldige ist jener Mann, der uns alle ins Verderben gelockt hat: Johannes Philadelphia! Ich bitte die Geschworenen um das Urteil!

PAULA

Aber der ist doch nicht da, oder?

ANNA

Der war überhaupt nie da! Das hat sich alles der Anton, der alte Lump, nur ausgedacht! Hängt ihn auf! *(Tumult)*

ALEXANDRA

(springt auf den Tisch)

Werdet Ihr endlich schweigen! Wenigstens dieses eine Mal! Verdammtes Idiotenpack, müßt Ihr auch noch unseren Abgang verderben? Das Spiel ist aus! Das Fest ist mangels geeigneter Gäste endgültig abgesagt!

ELSBETH

(klettert zu ihr auf den Tisch)

Nein... nein!... nicht schweigen, um Gottes willen!... Das kann doch nicht wirklich das Ende sein!... Es muß doch noch irgendeinen Ausweg geben!... Wir müssen uns nur erinnern... an die Worte, die auf unseren Anteilen standen... Jeder hat sie doch einmal gelesen... ganz zu Anfang...

ANNA

Ich nicht!

ELSBETH

Wir müssen nur die Worte wiederfinden... dann können wir doch noch alles retten!

Während Alexandra schweigend mit geschlossenen Augen in der Mitte steht, kriechen nacheinander alle übrigen Erben auf den Tisch, klammern sich aneinander und suchen, sich gegenseitig überschreiend, die Worte aus ihrer Erinnerung in folgendem

BABYLONISCHEN CHORUS:

Den goldenen Schlüssel ...
Ihr verteilen werdet ...
Mein erster und mein letzter ...
Nicht an Zukunft ...
Verdoren ... habt genusch ...
die fanze Belt ...
Verbeilen Mißgeweten ...
Untrag Ziel ...
Zu Gast aufschleten gaber ...
Euch und Erbe ...
Verkonst affhegen numpp ...
Brüderlichkeit verelzen ...
Ermeilen steze Brüderleis ...
Geschlude ...
Kreibla ...
Bla ... urg ...
Bla ... bla ...
Bla ... bla ...

Das Geheul der in den Saal einbrechenden Flammen verschlingt das Geschrei der Erben.

VORHANG

Anhang

Einige Anmerkungen zum Stück

EIN NARRENSPIEL

Das zentrale Thema dieses Stückes ist die Solidarität. Die Figuren der Handlung sehen sich unvermittelt in ein »Spiel« verwikkelt, in dem entweder alle gewinnen oder alle verlieren. Verlieren werden sie Kopf und Kragen, gewinnen können sie einen vorerst ganz ungewissen Preis. Ob es sich dabei um enorme Reichtümer, um Erkenntnis tiefer Geheimnisse, um Macht über unbekannte Kräfte oder um alles drei handelt, werden sie erst erfahren, wenn sie das »Spiel« gut und richtig gespielt haben. Doch sie sind der Aufgabe nicht gewachsen, sie erweisen sich als »Spielverderber« und gehen ins Verderben, das sie sich selbst bereitet haben. Doch gehen sie nicht an ihrer besonderen Bosheit zugrunde, sondern an ihrer Dummheit. Sie sind Narren. Das müßte bei einer Aufführung vor allem deutlich werden.

Wir leben in einem Jahrhundert, in dem Dummheit und Unvernunft zum Verbrechen werden kann. Seit jeher redet man den Menschen ein, daß sie nicht *gut* genug seien, daß sie mehr Selbstlosigkeit, mehr Opfermut, mehr Idealismus an den Tag legen sollen, um die Probleme zu lösen, in die wir auf fast allen Gebieten des Lebens geraten sind. Dieses Stück will die Frage anders stellen. Von keiner der Personen, die sich »auf's Spiel gesetzt« sehen, werden derartige heroische Tugenden verlangt. Was von ihnen verlangt wird, ist schlicht und einfach Vernunft.

Solidarität ergibt sich sozusagen von selbst aus der Einsicht in die Gemeinsamkeit von Interessen. Das gilt allerdings ebenso für einen Mönchsorden wie für eine Gangsterbande, für eine politische Partei wie für eine Zirkustruppe. Wo die eigenen Interessen, seien diese nun geistiger oder profaner, hoher oder niederer Art, besser oder sogar einzig und allein verwirklicht werden können, wenn man zugleich anderen Gleichgesinnten zur Verwirklichung ihrer Interessen verhilft, ist Solidarität keine moralische Frage, sondern eine der Rationalität. Das scheint einfach, ist aber in der Lebensrealität offenbar mit schier unüberwindlichen Schwierigkeiten verbunden.

Wenn eine Schiffsbesatzung, die mitten auf hoher See in Streit darüber gerät, wer die Kommandogewalt über das Schiff haben soll, welcher Kurs einzuschlagen ist, wem die Ladung und schließlich das Schiff selbst gehört, über der Auseinandersetzung das Schiff samt Ladung und obendrein sich selbst versenkt, ist das nicht tragisch, sondern ganz einfach blödsinnig. Wenn Politiker und Militärs den Fortbestand der Menschheit (und ihren eigenen) durch atomare, chemische oder biologische Bewaffnung aufs Spiel setzen, um dadurch ihre jeweilige Staats- oder Wirtschaftsform zu verteidigen, so verhalten sie sich nicht weniger narrenhaft. Wenn unsere Industrie Arbeitsplätze schaffen und Wohlstand und Überfluß für jedermann erzeugen will und dabei die natürlichen Grundlagen des Lebens auf dieser Welt ruiniert, indem sie die Gewässer vergiftet, die Luft verpestet, die Erde auspowert und die unersetzlichen Resourcen besinnungslos vergeudet, dann ist das ganz einfach schwachsinnig. Die Liste der Narrheiten ist beliebig verlängerbar.

Das Wort »Narr« hat in unserem Sprachgebrauch zweierlei Bedeutungen. Einmal bezeichnet es einen Menschen, der tatsächlich geistesschwach ist, der sein Tun den Verhältnissen nicht anpassen kann, der Wichtiges von Unwichtigem, Dringendes von Nebensächlichem nicht zu unterscheiden weiß, der die Rangfolge seiner eigenen Interessen nicht versteht. Wer sich weigert, ein brennendes Haus zu verlassen, weil er sich draußen einen Schnupfen zuziehen könne, der fordert wohl eher unser Gelächter als unser Mitgefühl heraus. Die andere Bedeutung des Wortes bezeichnet den Berufsnarren, der den wirklichen Narren nur spielt, um durch Übertreibung und Darstellung anderen ihre Narrheit vor Augen zu führen. Diese Aufgabe war zu allen Zeiten prekär und trug dem Narren nicht selten Prügel ein – von seiten der Herrschenden nicht weniger als von seiten des Volkes. In diesem Sinne versteht sich unser Stück als Narrenspiel.

EIN PARABELSPIEL

Um komplizierte und vielschichtige Vorgänge anschaulich zu machen, bedient man sich seit alters her der Parabel, der Rede im Gleichnis. Ein Gleichnis hat immer einen erklärenden, demonstrativen Charakter. Es will etwas lehren, eine bestimmte Botschaft an den Mann bringen. Dabei wird naturgemäß vereinfacht, es wird versucht das Typische drastisch hervorzuheben, das Untypische, das ja im konkreten Einzelfall auch immer vorhanden ist, wegzulassen. In diesem Sinne handelt es sich bei unserem Stück um Typentheater, das nicht die Absicht hat, den Eindruck zu erwecken, es handle sich um wirkliche Menschen mit einer jeweils ganz individuellen Vergangenheit und komplexen Psyche. Wir erfahren über jede Spielfigur nur soviel als notwendig ist, um ihre charakteristischen Verhaltensweisen zu erklären. Diese charakteristischen Verhaltensweisen sollten also bei einer Aufführung so deutlich herausgearbeitet werden, daß ihr Grundmuster in der Realität wiedererkennbar wird. Nur durch eine solche Deutlichkeit kann bei den jeweiligen Handlungsdrehpunkten die mögliche Alternative zum Verhalten der Figuren im Bewußtsein des Zuschauers aufblitzen: »Hier hätte er oder sie nicht so, sondern so handeln sollen.«

EIN PUZZLESPIEL

Schon von der Fabel her steht bei diesem Stück ein Puzzlespiel im Zentrum des Konfliktes. Doch auch das Stück selbst ist eines. So wie es beim Puzzlespiel kein erkennbares Haupt- oder Mittelteilchen gibt, sondern erst durch Zusammensetzen vieler gleichwertiger Teile sich ein Bild ergibt, so gibt es in diesem Stück keine Hauptrolle, um die sich die Nebenrollen gruppieren, sondern alle Figuren der Handlung sind für das Ganze von gleicher Bedeutung und übernehmen immer abwechselnd die Führung. Diese besondere dramaturgische Struktur entspricht eben dem besonderen Thema, um das es hier geht. Keiner kann etwas tun, ohne daß es für alle anderen Folgen hat. Sie bilden gleichsam einen Kreis um das gemeinsame zentrale Problem, das sie zu lösen haben, treten einer nach dem anderen in den Vordergrund – wie in einem Ringelspiel – treiben die Handlung um ein Stück weiter und verschwinden wieder in den Hintergrund. Der Zuschauer soll sich also mit keiner der Figuren identifizieren können, sondern den Standpunkt eines kritischen Beobachters einnehmen. Keine der handelnden Personen trägt allein die Schuld am Mißlingen des »Spiels«, jede streut nur ihr mehr oder weniger harmloses Sandkorn in die Maschinerie, bis die Katastrophe eintritt. Der vorgeführte Untergang wird herbeigeführt durch die Summierung vieler Einzelvorgänge. Ähnlich wie auf den Bildern von Bosch oder Breughel soll die Wirkung also durch eine Vielzahl von Einzelszenen entstehen, nicht durch eine zentrale Gruppe oder Einzelfigur. Bei einer Aufführung sollte deutlich werden, daß auch dieser Umstand unserer gegenwärtigen gesellschaftlichen und politischen Situation entspricht.

EIN KOMISCHES TRAUERSPIEL

In seinem Aufbau greift das Stück auf die äußere Form des klassischen fünfaktigen Trauerspiels zurück, doch zitiert es diese

Form sozusagen in ironischer Weise. Zwar endet das Stück mit dem Untergang aller, doch ist dieser Untergang nicht tragisch, sondern einfach nur ein heilloses Desaster. Ihm mangelt jede Größe und Würde. Er ist ganz einfach jämmerlich, weil die Narrheit gesiegt und die Dummheit triumphiert hat. In diesem Sinne kann man das Trauerspiel komisch nennen, wobei diese Bezeichnung hier gewiß keinen Beiklang von »heiter« hat. Auch die Hölle hat, wie man weiß, ihre spezifische Komik. Die Geschichte unseres Jahrhunderts kennt sie gut genug.

EIN MÄRCHENSPIEL

Die Konvention des Märchens gibt uns die Gewißheit, daß trotz aller Schrecknisse am Ende doch alles gut ausgeht. Innerhalb der Märchenwelt ist diese Gewißheit berechtigt und hat ihren guten Sinn. In diesem Stück geht es aber um eine phantastische Metapher für unsere höchst reale Situation. Einem skeptischen Beobachter mag es bisweilen durchaus so vorkommen, als ob unser so »aufgeklärtes Zeitalter« die Ebenen ohne Skrupel durcheinanderwirft. Der Optimismus, der im Märchen berechtigt ist, wird in dem Maße, wie man echte Märchen nicht mehr versteht, auf die äußeren Tatsachen verlagert. In der Wissenschaft, in der Technik, in der Wirtschaft und in der Politik geht man davon aus, daß »schon alles gut gehen wird«. Man fährt mit zunehmender Geschwindigkeit in der alten Richtung weiter, obgleich die Warnschilder am Straßenrand inzwischen so dicht stehen, daß sie wie Wälder aussehen (und vielerorts schon an deren Stelle getreten sind). Eben aus diesem Grund bedient sich unser Stück in gewissem Sinne der Form des Märchenspiels, denn ein Märchen, das finster endet, wie dieses, verstößt gegen die Regel. Ein solcher Verstoß ärgert und irritiert. Diese Provokation wird den Zorn des Zuschauers – so hofft der Autor – nicht gegen das Stück, sondern gegen die Vernunftlosigkeit derer wenden, die sein wirkliches Leben und seine Zukunft bedrohen.

EIN VEXIERSPIEL

Die Personen des Stückes befinden sich von Anfang an in einer Situation totaler Verunsicherung. Sie kennen den Erblasser nicht, sie kennen sich untereinander nicht, sie kennen auch das Erbe nicht, um das es geht. Der Palast des Johannes Philadelphia ist gedacht als ein Arsenal aller nur denkbaren Kulturgüter der verschiedensten Zeiten und Länder, vom Mumienschrein bis zum Flipperautomaten. Dieser Mischmasch entspricht unserer gegenwärtigen Bewußtseinslandschaft, in der alle Werte museal zusammengetragen und gerade deshalb ungewiß sind. Die Athmosphäre, die den Schauplatz bestimmt, ist eine, in der alle Dinge fortwährend ihre Bedeutung, ja sogar ihr Aussehen ändern. Wir erfahren es ja täglich aufs Neue, daß wir lernen müssen, all unsere Ansichten über die Wirklichkeit in der Schwebe zu halten. Die Personen des Stückes versuchen vergebens, irgendeinen äußeren Anhaltspunkt zur Lösung der Frage, vor der sie stehen, zu finden. Sie klammern sich an gewisse Vorstellungen und Verhaltensnormen, an die sie gewöhnt sind, und sind deshalb unfähig, sich der ungewöhnlichen Situation gemäß zu verhalten. Sie sind Narren, weil sie sich ganz »normal« verhalten. Sie können nicht begreifen, daß sie den sicheren Boden, auf den sie sich stellen könnten, erst gemeinsam aus ihren eigenen Kräften heraus neu schaffen müssen.

Anmerkungen zu den Personen der Handlung

NINIVE GERYON
etwa vierzehn Jahre alt, hübsch, malkontent und aufsässig. Eine kleine Salomé, die daran gewöhnt ist, daß jeder ihre Wünsche sofort erfüllt wird. Nur ihr tiefster, geheimster Wunsch, den sie selbst nicht benennen kann, blieb immer unerfüllt – gerade durch das Überangebot, durch das ihre Eltern sich loszukaufen versuchen. Bei Ninive mischt sich vieles auf eine auch für sie selbst nicht mehr zu entwirrende Weise. Das Harmloseste an ihr sind jedenfalls ihre Phantastereien, mit denen sie sich eine Gegenwelt gegen die Banalität ihres Elternhauses aufzubauen versucht. Daß gerade eine ihrer »Lügengeschichten« das winzige Steinchen ist, das die Lawine ins Rollen bringt, liegt an der prekären Situation, die sie zwar ahnt und die ihr durchaus gefällt, deren wirkliche Gefährlichkeit sie aber nicht ermessen kann. Sie spielt wie ein Kind am Zünder einer Zeitbombe herum. Sie ist zu intelligent, um gar nicht zu begreifen, was sie tut, andererseits aber zu infantil-egoistisch, um den Ernst der Lage zu erkennen. An dem tölpelhaften Sebastian gefällt ihr zunächst, daß sie Macht über ihn hat. In dem Augenblick, als er ihr seinen Anteil aushändigt, begreift sie zum erstenmal die Wirklichkeit dieser Macht und wehrt sich dagegen. All ihre bisherigen Provokationen verliefen immer konsequenzlos, nun fühlt sie zum ersten Mal, daß sie Verantwortung auf sich lädt. Diese möchte sie so schnell wie möglich wieder loswerden. Daraus erklärt sich die Schwäche, fast Willenlosigkeit, mit der sie sich von ihrem Vater das »Liebespfand« wegnehmen läßt. Aber nun verirrt sie sich völlig im Dschungel ihrer pubertären Seele. Sie begreift, daß sie nun erst recht verantwortlich geworden ist. Ihr Spielzeug Sebastian wird immer mehr Wirklichkeit für sie. In ihrer Hilflosigkeit droht sie ihm mit Selbstmord (wie man aus dem Bericht des Notars erfährt), um ihn abzuschütteln. Schließlich lügt sie den Sterbenden in eine glückliche Illusion hinein, aber durch Sebastians Reaktion wird ihre Beziehung nun vollends unwiderruflich und bindend. Sie entrinnt nicht mehr. Mit Sebastians Tod beginnt Ninives eigentliche Liebesgeschichte, durch die nichts Kindliches mehr in ihr zurückbleibt und die sie zu den fürchterlichsten Konsequenzen fähig werden läßt. Daß sie zuletzt darauf verzich-

tet, ihre Mutter umzubringen, bedeutet nicht, daß sie noch immer vor einer folgenschweren Tat zurückschreckt; Ursache für ihren Verzicht ist vielmehr der gespenstische Hufschlag, durch den sie sich daran erinnert, daß sie selbst es war, die all das ausgelöst hat. Dadurch ist sie zum ersten Mal wirklich ganz allein, für die Eltern buchstäblich unerreichbar, und kann endlich weinen.

EGON S. GERYON
etwa fünfzig Jahre alt, bürgerlicher Geschäftsmann, gute Erscheinung, ein Mensch, dessen Denken von »Standards« beherrscht wird: Was der Herr trägt, welchen Wagen der Herr fährt, wo der Herr speist usw. Das Erschreckende an ihm ist sein »gutes Gewissen«. Es gibt eine Art von Unschuld, die aus einer eigentümlichen Borniertheit stammt, aus der Unfähigkeit, die eigene Schuldhaftigkeit zu begreifen. Jeder Zweifel an seiner Wohlanständigkeit, ob dieser nun von anderen geäußert wird oder aus dem eigenen Innern aufsteigt, wird sofort und mit blindwütiger Entschlossenheit bekämpft. Diese Figur darf also ganz und gar keine Ähnlichkeit mit dem zigarrenrauchenden, melonetragenden »Ausbeuter« haben, der ja immerhin über einen gewissen Zynismus verfügt und weiß, was er tut. Egon S. Geryon ist unzynisch bis zur Langweiligkeit. Darauf wird besonders zu achten sein in den Szenen, wo er wohlgefällig den Verfall des Palastes registriert und erst recht in seiner Heilands-Eurphorie im letzten Akt. Daß sich vor ihm zuletzt die Wände nicht auftun, wie er ernstlich geglaubt hat, bringt ihn nicht etwa zu der Einsicht, seine Hände wären möglicherweise doch nicht genügend rein, sondern nur zu der verzweifelten Annahme, vom Erblasser betrogen worden zu sein. Da er sich sein Leben lang selbst betrügt, ist seine größte Furcht, betrogen zu werden, nicht genügend clever zu sein. Er will immer auf Nummer sicher gehen, die Situation »voll im Griff« haben. Es haßt alles, was nach Risiko, Abenteuer oder gar Schicksal riecht. Er läßt bestenfalls noch Begriffe wie Glück oder Pech gelten. Und gegen Pech kann man sich versichern. Darum eben ist er Versicherungsdirektor, er ist es mit Leib und Seele. Denn die total versicherte Gesellschaft ist die total schicksallose Gesellschaft – das Ideal der Bürgerlichkeit. Daß Geryon gleich zu Anfang auf die Phantasterei seiner Tochter hereinfällt, hängt damit zusammen, daß er sich in diesem Gebäude, in dem Schicksal in der Luft liegt, so unsicher

und unbehaglich fühlt, daß er fast alles für möglich hält. Er klammert sich blind an seine Normen. Im selben Maße, wie diese ihn im Stich lassen, verliert er nach und nach den Verstand.

ELSBETH GERYON
etwa vierzig Jahre alt, ehemals sehr attraktiv, kämpft einen verzweifelten Kampf gegen Alter und Übergewicht, gibt sich anderen Menschen gegenüber als Dame der Gesellschaft, ist ständig darum besorgt, sich die Zuneigung ihres Gatten zu erhalten, den sie restlos bewundert. Sie gehört zu jenen Menschen, die immer und unter allen Umständen versuchen, die Dinge »positiv« zu sehen. Sie ist eine leidenschaftliche Veranstalterin von »Wohltätigkeitsfesten«. Sie ist davon überzeugt, daß letzten Endes, »alles gut gehen« wird – vor allem, wenn ihr Mann die Sache in die Hand nimmt. Auch wenn sie Schlimmes anrichtet, so war es doch in jedem Fall »gut gemeint«. Sie verfügt durchaus über einen Rest von weiblichem Instinkt – immerhin läßt sie sich durch die Veränderungen, die im Palast vorgehen, ernstlich beunruhigen, ja sie bemerkt sie sogar als erste – aber sie selbst erstickt die Stimme des Instinkts in sich aus Unterwürfigkeit ihrem Mann gegenüber. Es ist wichtig, daß bei der Darstellung dieser Figur immer wieder deutlich wird, daß sie nicht erkennen *will*, obwohl sie es könnte. Mehrmals sehen wir sie in Situationen, in denen sich die Alternative für sie zeigt, die darin bestünde, daß sie ihrem Mann das bedingungslose Vertrauen aufkündigt. Aber jedesmal fällt sie in die Gewohnheit des Gehorsams zurück. Weil sie das aber gegen ihren Instinkt tut, haßt sie ihre Tochter, die in diesem Punkt ehrlicher und skrupelloser ist. Sie fürchtet sich im Grunde sogar vor Ninive. Würde Elsbeth sich die geahnte Wahrheit über ihren Mann offen eingestehen, so wäre das für sie gleichbedeutend mit der Bankrotterklärung ihres ganzen Lebens. Ihr Verhalten Mann und Kind gegenüber ist eigentlich ein dauerndes Flehen, sie nicht aus ihrem Irrtum zu reißen. Daher das Gekünstelte, zutiefst Unsichere, was ihr anhaftet. Einen einzigen Augenblick lang ist sie ganz ehrlich und ihrer Tochter innerlich nah, nämlich in dem ihres völligen Zusammenbruchs, als Egon sie von sich gestoßen hat und Ninive auf sie zugeht, um sie zu erwürgen. »Es ist das erste Mal, daß du mich umarmst...« Aber auch dieser Augenblick der Wahrheit geht vorüber, sie flüchtet sich in ihre gewohnte »normale« Verhaltensweise zurück, indem sie die End-

gültigkeit der letzten Konsequenz einfach ableugnet und sich und den anderen einzureden versucht, es werde trotz allem doch noch »alles gut gehen«.

SEBASTIAN NOTHAFT
um die siebzehn, achtzehn Jahre alt, anfangs mit dem lässigen Gehabe des typischen Halbstarken, aus armseligen Verhältnissen stammend, ein wenig zurückgeblieben, vollkommen naiv, manchmal begriffsstutzig, sogar etwas blöde wirkend, nahezu Analphabet, bezieht seine Vorstellungen über die Welt vorwiegend aus Comic-Heftchen, deren Inhalt er für bare Münze nimmt. Er schlägt sich so irgendwie durchs Leben, träumt aber von Heldentum im Sinne seiner Vorbilder. Dazu gehört die Überzeugung, daß die Welt einzuteilen ist in Gute und Böse. Und schießlich der Glaube an die wortwörtliche Bedeutung aller Mitteilungen. Daß er Lügen nicht leiden kann, hat keine moralischen Gründe, sondern sie machen ihn hilflos und rauben ihm seine einzige Orientierungsmöglichkeit. Sebastian ist töricht, aber diese Torheit ist in gewissem Sinne seine einzige Stärke. Im selben Maße, in welchem er seine Torheit einzubüßen beginnt, wird er schwach. Erst mit der Botschaft des Johannes Philadelphia, die der Notar ihm anvertraut, gewinnt er ein letztes Mal seine Stärke, also seine Torheit zurück, denn hier ist das wortwörtliche Verstehen richtig und notwendig. Und so stirbt er – jedenfalls in seiner eigenen Vorstellung – tatsächlich als Held. In seinem Delirium identifiziert er sich mit seinem Comic-Ideal, sieht sogar die Sprechblasen über den Köpfen der anderen. Aber er stirbt im Irrtum, denn über seiner Leiche geht der Streit der Erben erst richtig los. Doch Sebastian besitzt eben trotz oder gerade wegen seiner offensichtlichen Mängel eine Eigenschaft, die ihn als einzigen befähigt, die Botschaft des Testamentes zu verstehen und die wiederum als einzige von Ninive begriffen wird: Die Kraft eines geradezu kindlichen Vertrauens. Sie kommt nicht aus seiner Torheit. Vielleicht kommt umgekehrt seine Torheit vielmehr aus dieser Vertrauenskraft. Zwar vermag der Verrat Ninives dieses Vertrauen tief zu erschüttern, aber schließlich behält es doch die Oberhand. Diese Figur ist von allen die unschuldigste. Wenn er überhaupt mitverantwortlich ist für die Katastrophe, in die die Erbengemeinschaft hineinrennt, dann im Grunde nur durch seine allzu große Bereitwilligkeit, sich zum Opfer machen zu lassen. Diese Bereitwilligkeit wird von Alexandra gleich bei ihrer ersten Begegnung mit ihm »gesehen«. Für

ihren Blick trägt er von Anfang an das Stigma derjenigen an sich, die »immer dran glauben werden« – im doppelten Sinne des Wortes.

ALEXANDRA VON XANADU
zwischen vierzig und fünfzig Jahre alt, eine grande dame der Boheme, ironisch, barsch, sprunghaft im Denken, jäh in ihren Gefühlswechseln, mit einer Art »zweitem Gesicht« begabt. Ihr Adel ist möglicherweise mehr artistisch-poetischer als genealogischer Herkunft. Dennoch verkörpert Alexandra die große alte Welt der Noblesse mit ihren Vorstellungen von Größe und innerer Haltung, nur eben auf die völlig unbekümmerte Art einer Abenteurerin und Einzelgängerin. Sie liebt Risiko und Gefahr und ist geradezu süchtig danach. Sie sucht die Todesnähe, weil durch diese das Leben in gesteigertem Glanz und intensiverer Farbigkeit funkelt. In ihrem Leben ist alles »schicksalhaft«. Die größte Herausforderung, zugleich aber auch der höchste Luxus, den das Leben zu bieten hat, ist für sie die Tragödie – ein Fest, ja eine Orgie der Schicksalhaftigkeit, das mit dem Leben bezahlt werden muß. Und Alexandra wäre durchaus »tragödienfähig«. Daher spricht sie von Anfang an von einem Fest und wartet bis zuletzt auf dessen Beginn, aber vergebens. Sie kommt in das Schloß des Johannes Philadelphia und spürt sogleich durch ihre kassandrahafte Begabung, daß hier ein Untergang stattfinden wird. Sie bleibt nicht etwa trotzdem, sondern gerade deshalb. Sie ist bereit, ihre Rolle in der Tragödie zu übernehmen, aber sie findet keinen Partner. Der General reizt nur ihren Spott, in ihren Augen ist er nichts als ein alberner Popanz. Alle anderen Erben sind sowieso unter ihrem Niveau. Aber eine Tragödie spielt man eben nicht allein, und so geht auch Alexandras »Fest« schief. Der Untergang ist weder groß noch tragisch, sondern jämmerlich. Die Chance ist unwiderruflich vertan. Das verursacht Alexandras Zorn und Bitterkeit. Ihr Charakter ist diamanthart, aber höchst sensibel. Die Art, wie sie ständig die anderen provoziert, soll nicht burschikos erscheinen, sondern elegant, leichthin und verächtlich. Ihr Hochmut ist echt und keinesweg vorgetäuscht. Ihre Sprunghaftigkeit, ihr provozierendes Verhalten kommen aus einer ihr eigenen Art von grimmiger guter Laune, sie sind Amüsement. Nur mit dem jungen Sebastian verbindet sie vom ersten Augenblick an eine unausgesprochene, möglicherweise sogar erotisch gefärbte Sympathie. Eben weil der Junge auf seine Art ebenfalls »tragödien- und schicksalsfähig« ist. Doch liegen

ihre beiden Welten natürlich alters- und bildungsmäßig zu weit voneinander entfernt, als daß es jemals zu einer wirklichen Berührung zwischen ihnen kommen könnte.

DR. LEO ARMINIUS
unbestimmtes Alter, hagere Erscheinung, abweisende Haltung, hält nicht viel von den Menschen im allgemeinen und im besonderen, sieht in dem ganzen Testament nichts als den bösartigen Scherz eines Misanthropen, lehnt die ganze Veranstaltung innerlich zutiefst ab, tut aber gleichwohl seine Pflicht, zu der ihn sein Beruf zwingt. Er ist völlig humorlos, gestattet sich aber hin und wieder eine sarkastische Bemerkung. Sein Amt übt er nicht ohne Selbstgefälligkeit aus. Die Bitte der Erben, ihnen bei der Ordnung der verzwickten Angelegenheit auch weiterhin beizustehen, lehnt er mit einer deutlichen Schadenfreude ab. Erst später beginnen die Gewissensskrupel in seiner pedantischen, staubtrockenen Seele zu wühlen. Und schließlich bekommt er es mit der nackten Angst zu tun, Angst vor der Rache der Erben, die sich möglicherweise an ihm vergreifen könnten, Angst vor allem vor der immer unheimlicher und gefährlicher werdenden Lage, aus der auch er sich nun nicht mehr retten kann, Angst vor dem elenden Zugrundegehen. Er kann sich niemals über seine beruflichen Normen hinwegsetzen, kann sich aus eigener Kraft zu nichts entscheiden, denn er hat niemals Entscheidungen zu treffen gehabt, sondern nur die anderer Leute beglaubigt. Unter der Anforderung, die die Situation ihm nun aufzwingt, zerreißt sein zunderdürrer Verstand. Es bleibt ihm nur noch die eine fixe Idee, seinen Meineid nicht aufkommen zu lassen, seine Reputierlichkeit zu retten. Auch er hat seinen Augenblick der Wahrheit, wenn er schreit, er sei nur ein schwacher Mensch. Aber er ist sogar zu schwach, seine Schwäche öffentlich einzugestehen. Wenn seine beruflichen Konventionen und seine juristischen Richtlinien ihn nicht mehr stützen, löst er sich in seine Bestandteile auf und zerfleddert wie ein losegeschnürtes Aktenbündel.

ANTON BULDT
ein achtzig oder hundertjähriger Greis, eine in jeder Hinsicht merkwürdige Erscheinung, die anfangs eine bisweilen fast komisch wirkende Würde und Feierlichkeit ausstrahlt, nach und nach aber äußerlich und innerlich von den vielen Herren, denen er gleichzeitig dienen muß, zugrunde gerichtet wird. In dieser

Figur ist gleichsam der ganze Palast mit all seinen Geheimnissen und Kuriositäten noch einmal in menschlicher Gestalt verkörpert. Auf irgendeine Art ist er nicht ganz von »dieser Welt«, er lebt diesseits und jenseits der Träume gleichzeitig und bedarf deshalb nicht des Schlafs. Er ist eine wandelnde Chronik, aber niemand stellt ihm zur rechten Zeit die richtige Frage. Er liebt es, sich ornamental und metaphorisch auszudrücken, die Erben staunen ihn an, sind sichtlich von ihm beeindruckt und fasziniert, zugleich aber auch befremdet und irritiert – außer Alexandra, die sich als einzige auf sein »Spiel« einlassen kann und ihn versteht. Wenn seine Redeweise schon zu Anfang das Auffassungsvermögen seiner Zuhörer übersteigt, so widerfährt das erst recht seinen flehentlichen Bitten und Warnungen und schließlich seinem Entsetzen. Auch diese letzteren sind sozusagen von ganz anderer Art als Angst und Entsetzen der anderen. Für ihn haben alle Dinge und Vorgänge eine andere, transzendente Bedeutung. Sein körperlicher und geistiger Ruin ist kein Absinken zum Ordinären, Gewöhnlichen, sondern gleicht eher der Verwüstung eines kostbaren Bauwerks. Auch die Trümmerstätte, die zuletzt bleibt, läßt den einstigen Glanz noch erahnen. Sie vermag noch immer zu sprechen – für den, der Augen und Ohren hat. Bis auch dieser letzte Rest zum Schweigen gebracht wird.

ANNA FENRIS
etwa fünfzig bis sechzig Jahre alt, nicht blind geboren, sondern nach und nach erblindet, z. B. an Altersstar oder dergleichen, massig und schwerfällig. Ihre Familie hat ihr wegen ihrer Behinderung im Laufe der Zeit alles weggenommen, was sie besaß. Sie ist argwöhnisch und hält die ganze Erbschaft für einen bösen Streich, den man ihr spielen will. Zunächst verlegt sie sich aufs Jammern. Die »feinen Herrschaften« und die ganze ungewöhnliche Umgebung schüchtern sie ein. Instinktiv demonstriert sie die »Demutshaltung« des armen, alten, hilflosen Weibes. Darauf fällt ja die Lehrerin Dunkelstern alsbald herein, die Anna für eine beschränkte, aber doch redliche Person hält. In Wahrheit ist sie schlau und ziemlich niederträchtig. Charakteristisch ist für sie eine bestimmte lauschende, witternde Kopfhaltung. Sie verfolgt zunächst noch keinen bewußten Plan. Auch in dem nächtlichen Gespräch mit dem Spülmädchen Paula Olm brabbelt sie mehr aus Wichtigmacherei und Lust an düsteren Prognosen vor sich hin, als daß sie hier schon eine präzise Absicht verfolgt. Als ihr aber dann zuerst diese und später auch noch die Lehrerin ihre

Anteile geradezu aufdrängen, riecht sie förmlich den vorteilhaften Handel. An die »Ideen« der Lehrerin glaubt sie nicht einen Augenblick. Sie durchschaut sofort, daß sie benutzt werden soll, und stellt sich dumm, um die beiden anderen in ihre Falle zu lokken. Da sie an eine tatsächliche Erbschaft nicht glaubt, andererseits aber durch den Besitz der Anteile die anderen von sich abhängig weiß, beschließt sie, diesen Zustand so lange wie möglich zu erhalten. Darum verschlingt sie die Zettel. Der Besitz von Macht über andere Menschen versetzt sie in eine Art Rausch. Je sicherer sie sich in diesem Besitz fühlt, desto mehr läßt sie die Maske fallen. Nackte, triumphierende Bosheit kommt zum Vorschein. Die groteskte Ohrfeigenszene der »drei Gäns' im Haberstroh« sollte durchaus das Grundmuster einer Terrorszene zeigen. Aber nachdem Annas Macht sich wieder in Nichts aufgelöst hat, bleibt nur noch ein jämmerliches, schlotterndes altes Weib übrig, das um sein bißchen Leben winselt.

PAULA OLM
zwischen zwanzig und fünfundzwanzig Jahre alt, blöde, aber gutmütig und ehrlich, ein Trampel, reizlos und verkümmert, von Gestalt klein und sozusagen »in sich zurückgestaucht«. Sie gehört zu jenen Menschen, die durch ihre ganze Art dazu reizen, sie zu mißhandeln. Sie ist wohl auch schon oft mißhandelt worden, was aber keinen besonderen Eindruck auf sie gemacht hat. Sie hat es niemals anders gekannt. Ihre totale Unsicherheit, die sich in dem fortwährenden »oder?« am Ende ihrer Rede ausdrückt, fordert die anderen geradezu auf, sich ihrer zu bemächtigen. Sie bettelt förmlich darum, von irgend jemand gegängelt zu werden. Dabei ist es ihr gleich, von wem. Selbst entscheiden zu müssen und auf sich gestellt zu sein, erfüllt sie mit Panik. Ihre Vertrauensseligkeit ist einzig und allein Flucht vor dem Alleinsein und vor der Verantwortung. Kaum hat sie eine neue »Chefin« gefunden, unter deren Fittichen sie sich sicher fühlt, wird sie auch schon frech. Doch auch diese Frechheit anderen gegenüber kommt bei ihr mehr aus dem Wunsch, sich bei Anna Fenris lieb Kind zu machen, als aus eigener Aufsässigkeit. Sie möchte gern gelobt werden. Wenn sie hin und wieder Anna gegenüber aufmuckt, dann höchstens wie ein Kind, das schmollt. Aber wie bei einem Kind liegt auch bei ihr im Untergrund ihres Wesens ein elementares, durch keine Reflexion gebrochenes Gefühl für Gerechtigkeit und Ungerechtigkeit. Es dauert lang, viel zu lang, bis dieses Gefühl sich in ihr zu regen beginnt, aber dann kocht es

auch gleich über. Sie kennt in ihrer Wut und Enttäuschung kein Maß mehr, sie ist zu allem fähig, selbst zu Mord und Brandstiftung. Daß ihre Erkenntnis viel zu spät kommmt, daß ihr Racheakt sinnlos geworden ist und nichts mehr bewirkt, ja daß sie zu diesem Zeitpunkt damit erst recht ihr eigenes Verderben besiegelt, kümmert sie nicht. Es kümmert sie überhaupt nichts mehr. Sie ist blind vor Empörung, wie sie vorher blind war vor Geduld.

KLARA DUNKELSTERN
etwa vierzig Jahre alt, mager, etwas altjungferlich, völlig humorlos, aber von überheiztem Enthusiasmus, kleidet und frisiert sich streng, unterdrückt ihre eigene Weiblichkeit, um ganz »Mensch« zu sein, kümmert sich ständig um das Los anderer. Dieser Altruismus, wie sie selbst es nennt, ist jedoch eher beschlossen als ihrer Natur entsprechend. Im Grunde macht sie anderer Leute Sache zu der ihren, um der Leere ihres eigenen Daseins zu entrinnen. Menschen interessieren sie nicht wirklich, sie lebt von und mit »Idealen«, seien diese nun sozialer, ethischer oder politischer Art. Dennoch oder gerade deshalb ist sie sofort beleidigt, wenn man sie, wie Paula, eine Idealistin nennt, denn sie legt ungemein großen Wert darauf, realistisch zu sein. Sie lebt gleichsam mit zusammengebissenen Zähnen, in einer ständigen Überanstrengung. Daher das Schrille und Fanatische, was ihr Tonfall sofort annimmt, wenn ihre Kompetenz bezweifelt wird. Sie ist immer ein wenig gereizt, auf dem Sprung, bereit zu argumentieren und zu dozieren. Mit den meisten Menschen redet sie ein wenig von oben herab, nervös, aber mit hörbarer Anstrengung, sich geduldig zu zeigen. Ihre wirklichen, ein Leben lang unterdrückten Wünsche und Sehnsüchte sind freilich ganz anderer Art, wie sich in der Szene des dritten Aktes zeigt, wo sie sich für einen Augenblick in der Rolle der Schloßherrin fühlt – allerdings handelt es sich da um Vorstellungen, die einem billigen Frauenroman entstammen könnten. Doch mit dem Verzicht auf die Erfüllung ihrer persönlichen Träume ist es ihr bitterernst. Sie ist bereit, mit allen Konsequenzen selbstlos ihre Pflicht zu erfüllen, und das ist, dem Wohle aller zu dienen – ob die Betroffenen das wollen und einsehen oder nicht. In diesem Punkt wirkt sie für einen Moment fast rührend. Mit dem Scheitern ihrer so logisch und realistisch gedachten »Ideen« bricht für sie die Welt zusammen. Woran soll sie sich noch halten, wenn ihre so vernünftigen Argumente zum Gegenteil dessen führen, was sie gewollt hat?

Sie geht verzweifelt die Rechnung immer und immer wieder durch und kann den Fehler nicht finden. So endet Klara Dunkelstern in einer letzten, wahnsinnigen Überforderung ihrer selbst, indem sie die Verantwortung für alles auf sich nimmt, doch auch das bleibt so abstrakt und lebensfremd wie alles, was sie vorher tat. Sie versucht, das sinnlos gewordene, unendliche Puzzlespiel zusammenzusetzen und kann nicht begreifen, warum es ihr immer und immer wieder durcheinandergebracht wird.

GENERAL MARKUS SCHWELER
etwa Mitte fünfzig, eher klein und etwas bullig von Gestalt, rotgesichtig, gibt sich gern ein sportliches, legeres, modernes Flair, spielt den Weltmann und feinen Herren, hat aber in Wirklichkeit sehr schlechte Manieren, neigt zu Jähzorn und Unbeherrschtheit, argwöhnt ständig, daß man ihn nicht genügend respektiert. Er gehört zu jenen Leuten, die es gerne hören, wenn ihre Untergebenen von ihnen als vom »Alten« reden und sie verehren und fürchten. In Wirklichkeit ist er ein ziemlich unbedeutender, vulgärer Mensch, der eben eine hohe Position erlangt hat und sich krampfhaft bemüht, souverän zu wirken. Alexandras Provokationen reizen ihn bis aufs Blut, weil er sich von ihr durchschaut fühlt. Er will ihr unbedingt die Schneid abkaufen. Obwohl er sich demokratisch und sogar antimilitaristisch gibt – »aber jemand muß es eben machen« – glaubt er im Grunde, daß sich die Konflikte der Welt nur durch Gewalt lösen lassen, oder zumindest durch Drohung und Einschüchterung. Dabei geht es ihm tatsächlich um das »Wohl aller«. Er sieht in sich den »starken Mann«, der entschlossen und rücksichtslos genug ist, die »Karre aus dem Dreck zu ziehen«. Doch die besonderen Umstände bewirken, daß sein Plan nur zu einem blutigen Unglücksfall führt. Nach seiner großen Buß- und Reueszene der Selbstdegradierung könnte man für einen Augenblick tatsächlich glauben, daß mit ihm eine Wandlung vorgegangen sei, doch schon kurz danach erweist er sich als ganz gewöhnlicher Schläger, wenn er Nebeljakob zusammendrischt. Von diesem Moment an verläßt ihn der letzte Rest seiner vorgeblichen Selbstachtung und Respektabilität. Wie General Schörner, der im Zweiten Weltkrieg seine Armee im Kessel von Stalingrad zurückließ, wo sie aufgerieben wurde, und sich selbst mit dem letzten Flugzeug in Sicherheit brachte, so trachtet auch Schweler zuletzt nur noch danach, sich selbst zu retten und die anderen die Suppe auslöffeln zu lassen, ein feiger,

charakterloser Schuft, gerade noch fähig, einen Schicksalsgenossen niederzumachen, um ihm das Geheimnis abzupressen, wie man sich selbst retten kann.

JAKOB NEBEL
sein Alter ist unbestimmbar, doch da er ein Gutteil seines Lebens im Knast war, ist er bestimmt über Fünfzig. Eine vogelscheuchenhafte, irgendwie unglückselige Erscheinung, auf naive Art gerissen und verschmitzt, durchaus stolz darauf, in seinen Kreisen eine bekannte Figur zu sein. Er begreift sofort, daß er »als einfacher Krimineller« einem »vertiablen Versicherungsdirektor« gegenüber keine Chance hat, und versucht deshalb auf seine Art sein Schäfchen ins Trockene zu bringen. Er ist ein Original, von Anfang an schief ins Leben gebaut, ein Einzelgänger, der nie in seinem Leben eine wirkliche Beziehung zu einem anderen Menschen hatte, ein Monologist, der sich gern reden hört und meistens nicht genau versteht, was er sich sagt. Er ist im eigentlichen Sinne des Wortes asozial, er braucht überhaupt keine anderen Menschen, hat an seiner eigenen Gesellschaft Unterhaltung genug. Doch da es für ihn keinerlei Alternative gab oder gibt, ist er auf seine Art unschuldig. Seine kriminellen Karambolagen mit der menschlichen Gesellschaft nimmt er hin als etwas Naturgegebenes wie ein Gewitter oder Zahnschmerzen. Er ist niemandem böse deswegen. Sein Humor ist nur begrenzt freiwillig, im Grunde versteht er nicht, warum man über ihn lacht. Er ist sogar ziemlich selbstgefällig und rasch beleidigt, wenn es um seine Art von Reputation geht. Das Phantastische und Ungewöhnliche des Gebäudes und der Situation, in die er sich verstrickt sieht, beeindruckt ihn überhaupt nicht. Er würde auch im Paradies oder der Hölle versuchen, sich zu arrangieren, wie er es bisher im Leben getan hat. Die Klemme, in die er diesmal geraten ist, bedeutet für ihn nicht mehr als eben eine neue Tücke des Schicksals, wie er sie schon oft erlebt und durch List bewältigt hat. Er begreift im Grunde überhaupt nicht, wozu er in diesem Fall aufgefordert ist. Zynismus ist ihm fremd. Auch in dem Gespräch mit dem sterbenden Bastian redet er nicht anders, als er mit einem Kumpel reden würde, den es erwischt hat. Ebenso ist seine Todesangst im letzten Akt echt und kreatürlich, auch wenn sie auf uns, die Zuschauer, grotesk und sogar komisch wirkt. Aber einmal angenommen, Nebeljakob würde sich dem allgemeinen Untergang auf irgendeine Weise entziehen und ihn überleben können, so hätte er sich nachher um kein Haar geändert. Er

würde die ganze Sache höchstens als verrückte Geschichte in der nächsten Kneipe oder im nächsten Knast erzählen – auf seine »hochgebildete« Art natürlich.

Auszug aus der Inventar-Liste des Nachlasses von Johannes Philadelphia
(Band 897, Seite 1227)

Nr. 1273548 – Ein Bathyscaph in Gestalt eines riesigen Auges
Nr. 1273549 – Eine Flaschenpost vom Sirius
Nr. 1273550 – Eine Fibel für ABC-Schüler der Planetenkursivschrift
Nr. 1273551 – Alle Widersprüche aufgelöst in einem Glas Wasser
Nr. 1273552 – Ein verlorenes, aber von einem ehrlichen Finder zurückgegebenes Lächeln
Nr. 1273553 – Der Schlüssel zur Tür einer geschlossenen Auster auf dem Grunde des Ozeans
Nr. 1273554 – Das Entsetzen im Auge eines Polizisten, der einen Mann aus Papier verhaftet hat
Nr. 1273555 – Die erstaunten Augenbrauen eines Vogelfluges
Nr. 1273556 – Drei kleine Flaschen Wein aus der Kelter des Zorns
Nr. 1273557 – Ein Abschiedsbrief, der niemals geschrieben wurde
Nr. 1273558 – Die unvorstellbar kostbare Spitzendecke eines welken Ahornblattes
Nr. 1273559 – Die Grimasse eines Mundes, der sich gegen die Lüge seines Besitzers wehrt
Nr. 1273560 – Das Spiegelbild eines Kunstschützen, der sich selbst traf, weil er sich mit ihm verwechselte, dazu eine Kugel aus schwerem Blei in Herzform
Nr. 1273561 – Ein Gebiß aus Kandiszucker
Nr. 1273562 – Eineinhalb Fässer Goldstaub aus dem Beifall von der falschen Seite
Nr. 1273563 – Die in der Lotterie gewonnene Zeit eines Liebespaares ohne Hoffnung
Nr. 1273564 – Eine Landkarte vom Totenreich
Nr. 1273565 – Ein Zeitkompaß
Nr. 1273566 – Ein Loch im leeren Raum, von Kugelformen umkreist, nebst einer Gebrauchsanweisung dazu

Nr. 1273567 – Das Gelächter in einem Namen
Nr. 1273568 – Das schwächste Glied einer Kette, einzeln und unzerstört in einer Reliqienmonstranz
Nr. 1273569 – Das tägliche Brot und das nächtliche Brot, zu einem Zopf geflochten
Nr. 1273570 – Die völlige Finsternis einer Umarmmung und deren leuchtender Schatten
Nr. 1273571 – Ein Himmelsglobus im Maßstab eins zu eins mit genauen Abbildungen aller Einzelheiten Gottes
Nr. 1273572 – Ein Herbarium mit ca. dreizehntausend getrockneten Erinnerungen
Nr. 1273573 – Eine Sphärenharmonielehre (nebst Kontrapunktik)
Nr. 1273574 – Fersen-Papiergeld
Nr. 1273575 – Ein Kochbuch für Weltgerichte, handgeschrieben
Nr. 1273576 – Aller Tage Abend (mit Wechselrahmen)

Gründe

Bei Ausbrechen eines Brandes nicht zu löschen:

(Kreuzen Sie bitte das für Sie Zutreffende an!)

1. Weil man noch nicht mit Sicherheit weiß, ob man überhaupt zu den Betroffenen gehört.
2. Weil man sich für wichtigere Aufgaben bereit halten muß, zu denen man möglicherweise gerufen werden wird.
3. Weil die Experten überhaupt noch nicht eindeutig bewiesen haben, daß es tatsächlich brennt.
4. Weil man davon überzeugt ist, daß die dafür zuständigen Leute schon längst dabei sind zu löschen.
5. Weil man aus bestimmten Gründen durchaus dafür ist, daß alles abbrennt.
6. Weil man es vorzieht, sich nicht in Gefahr zu begeben.
7. Weil man sich beim besten Willen nicht vorstellen kann, daß Gott so etwas zuläßt.
8. Weil man den anderen zeigen will, daß kein Grund zur Panik besteht.
9. Weil es einem gleichgültig ist.
10. Weil man auf Anweisung von oben warten muß.
11. Weil man zunächst alle anderen vom Ausbruch des Brandes benachrichtigen muß.
12. Weil man nicht zur Brandstelle hinfinden kann.
13. Weil man eingesperrt und an Händen und Füßen gefesselt ist.
14. Weil es sowieso schon zu spät ist und nicht mehr lohnt.
15. Weil man erstmal sehen will, was die anderen jetzt wohl ohne einen anfangen.
16. Weil es in gewisser Weise schon oft gebrannt hat und man daran gewöhnt ist, daß bisher auch immer alles gut ging.
17. Weil man zunächst mal eine Feuerwehrtruppe aufbauen und alles gründlich planen muß.
18. Weil man trotz Flammen und Rauch zutiefst davon überzeugt ist, daß es einfach nicht brennen *kann.*
19. Weil man sich auf keinen Fall Angst machen lassen will.
20. Weil schließlich diejenigen löschen sollen, die den Brand verursacht haben, bitte sehr.
21. Weil man den Brand gelegt hat und sich nicht verraten will.
22. Weil man den Brand *nicht* gelegt hat, und Löschen den Eindruck erwecken könnte, man habe ein schlechtes Gewissen.

23. Weil man den grandiosen Anblick der Feuerbrunst genießt.
24. .....
25. ..... (weitere Gründe sind vom Leser selbst einzutragen)
26. .....

Ein möglicher Epilog

Alle Darsteller treten vor den geschlossenen Vorhang und wenden sich mit den folgenden Worten ans Publikum:)

Verehrtes Publikum, wir bitten um Geduld!
Der vorgeführte Schluß hier ist nicht unsre Schuld.
Der Autor meint, dies sei das Ende der Parabel,
Wir finden sie zu negativ, die Fabel.
Uns scheint die Feuersbrunst doch reichlich theatralisch
und in gewissem Sinne sogar unmoralisch.
Weltuntergang zu predigen ist heutzutage
doch allzu wohlfeil. Also bleibt die Frage:
Wie können wir das Spiel jetzt noch zum Guten wenden?
Was heiter anfing, soll auch heiter enden.
Drum haben wir – obgleich der Autor uns verflucht –
nach einem andern, positiven Schluß gesucht.
Hier oben ist die Welt zerstört und ausgebrannt,
doch bleibt uns noch die vierte, unsichtbare Wand.
Ihr wunderschönen Damen und ihr klugen Herrn,
wir sind ganz sicher, unsre Torheit liegt euch fern.
Bei euch ist niemand, der um Macht und Reichtum streitet,
wenn er sich damit selbst den Untergang bereitet.
Bei euch wird stets Vernunft am Ende Wege finden,
Mitraun und Dummheit, Haß und Angst zu überwinden.
Kurzum, was ihr auf dieser Bühne habt gesehen,
das kann in eurer Welt auf keinen Fall geschehen.
Drum bleibt uns nur zu euch der letzte Fluchtweg offen.
Ob wir willkommen sind? Wir wolln es hoffen.

Alle Darsteller steigen ins Parkett hinunter.

CIP-Titelaufnahme der Deutschen Bibliothek:
Ende, Michael:
Die Spielverderber oder Das Erbe der Narren / Michael Ende. –
Stuttgart: Ed. Weitbrecht, 1989
ISBN 3-522-70200-X

Die Gestaltung des Umschlags besorgte Zembsch' Werkstatt in
München.
Gesetzt von Steffen Hahn in Kornwestheim.
Reproduktion des Umschlags von der Repro GmbH
in Kornwestheim.
Gedruckt und gebunden von Friedrich Pustet in Regensburg.

5 4 3